Hajo Lucke

Geliebte Liebe

Roman

Dieses Buch basiert auf wahren Begegnungen.

Die Personen und deren Handlungen sind jedoch frei erfunden.

Bibliografische Information der Deutschen Nationalbibliothek:

Die Deutsche Nationalbibliothek verzeichnet diese Publikation in der Deutschen Nationalbibliografie, detaillierte bibliografische Daten sind im Internet über http://www.dnb.de abrufbar.

Copyright 2015 Hajo Lucke

Herstellung und Verlag:
BoD - Books on Demand, Norderstedt
ISBN 978-3- 7386-0976-9
2. Auflage

*Komm Geheimnisvoller,
Nur ein Mal.
Aber komme.
Ich will dich lieben,
Nur ein Mal".*
Indien, Krishna

*„Das Licht der Hoffnung spiegelt sich
in den Augen der Kinder
und zeigt die Zukunft
unserer und ihrer".*
Deutschland, unbekannter Autor

*„Ich hoffe, dass mein Lächeln
in Deinem Leben bleibt.
Auch wenn jetzt der Abschied kommt, wird dein
Leben weitergehen".*

Japan, Seemannslied

Prolog

„Was sind sie denn für einer, dass sie die Dame bezahlen lassen?"

Laut und deutlich hing der Satz der Kellnerin im vornehmen Restaurant. Nara hatte ihr wortlos die verlangte Summe gegeben.

Nara lächelte nur. Sie schob ein Bündel Scheine zu Jo über den Tisch. Er wollte das Geld zurück schieben, aber sie legte ihre zarte Hand auf seine und sagte, „es ist dein Geld, du weißt wofür".

Jo war die Situation peinlich. Die Kellnerin stand neben dem Tisch und beobachtete die Situation aufmerksam, vom Nebentisch kamen interessierte Blicke und eine unangenehme Stille lag im Raum.

Jo stand auf, um die Mäntel zu holen. Er stopfte das Geldbündel in Naras Manteltasche und bemerkte das Grinsen des Oberkellners.

„Die Bedienung war aber frech", fröhlich klangen die Worte von Nara, „was geht sie unsere Beziehung an".

Sie zog die Scheine aus ihrer Manteltasche und stopfte sie in die Brusttasche von Jos weißem Hemd.

„Vier Kinder will ich von dir", dabei drehte sie seinen Kopf zu ihrem Mund. Er spürte ihre vollen Lippen und schmeckte ihr Lipgloss.

Hinter ihnen hupte ein Auto und Scheinwerfer blitzen auf. Er wollte weiterfahren. Sie winkte mit ihrer Hand durch das offene Seitenfenster. Mit der anderen hielt sie seinen Hinterkopf fest und kraulte seinen Hals.

„Zwei Jungen und zwei Mädchen", ergänzte sie, seine Lippen loslassend, „unsere Kinder werden hübsch, wie alle von negroiden und weißen Menschen".

Er spürte ihre neckende Zunge und erwiderte ihren Kuss. Sofort öffnete sie die Beifahrertür des Autos.

„Du wirst mich sehr lieben, aber eifersüchtig sein. Ich bin auch sehr eifersüchtig. Wehe, du drehst dich nach einer hübschen Frau um"!

Sie winkte kurz mit ihrer Hand, schlug die Autotür zu, der wartende Fahrer hupte energisch und er fuhr verwirrt zur nächsten Parklücke.

„Du musst schneller fahren", schrie sie vom Beifahrersitz, „mein Auto ist ein BMW".

„Dann fahr deine Kutsche doch selber", schrie er ihr ins Gesicht. Er bemerkte die Jugendlichen am Rande der Straße nicht.

Ein dumpfes, klatschendes und knirschendes Geräusch klang plötzlich an sein Ohr. Dabei dröhnte das Klirren zerbrechenden Glases. Instinktiv bremste er stark. Sein Kopf prallte nach vorne und zurück an die Kopfstütze. Er wollte sich umdrehen, aber sein Kopf schmerzte.

„Fahre weiter", schrie sie hysterisch. Instinktiv gab er Gas. Widerspruch war zwecklos.

Boris spürte einen stechenden Schmerz im linken Bein. Er rappelte sich auf und dachte überrascht, „ich kann stehen".

Mühsam versuchte er die Situation zu begreifen. Knapp vor sich erkannte er seine Schwester. Sie lag auf dem grauen Asphalt. Er sah die Blutlache. Boris beugte sich über sie. Ihre Augen waren offen aber leer.

„Gula, alles in Ordnung?".

Aus ihrer geplatzten Gesichtshaut strömte Blut. Auf dem Asphalt der Straße bildete sich ein großer, roter Fleck, der sich mit dem Blut anderer Verletzter mischte. Mechanisch versuchte Boris, das Blut aus dem Gesicht seiner Schwester zu wischen.

„Es muss doch aufhören", dachte er hilflos.

Aber das Blut floss weiter. „Wie aus einer Quelle"' durchzuckte es ihn.

Schlagartig packte ihn die Angst, „Ich muss meiner Schwester helfen".

Irgendwo hörte er das Quietschen von Pneus und ein sich entfernendes Auto. Es interessierte ihn nicht. Vorsichtig nahm er den Kopf seiner Schwester auf die Arme. Ihr Kopf mit den blutdurchtränkten Haaren hing schlaff herunter.

„Ich muss ihn abstützen".

Behutsam schob er seinen rechten Arm unter ihren Kopf. Erschreckt bemerkte er, dass ihre Arme und Beine, merkwürdig verkrümmt in der Luft baumelten.

„Sie kann doch nicht tot sein". Boris schrie plötzlich: einen Schrei der Verzweiflung.

Jemand berührte ihn an der Schulter. Er fuhr herum. Eine alte Frau stand neben ihm. „Kommen sie, schnell".

Sie drängte ihn zu ihrem alten Moskwitsch und half ihm, seine Schwester auf die Rückbank ihres Autos zu legen.

Er hörte das wilde Hupen der alten Frau, als sie zum nächsten Krankenhaus raste.

Deutsche Liebe

Gula

Eine gut gekleidete Dame stand am Bett von Gula. Sie sah, dass die Frau ihren teuren Pelzmantel trotz der Wärme im „Aykor Medical Center in Biskek" nur öffnete. Ihre Dior-Tasche stellte sie auf den Rand des kleinen hölzernen Tisches, auf dem die Habseligkeiten von Gula lagen.

„Ich biete ihnen viel Geld, wenn sie meinen Sohn nicht anzeigen",

Gula sah ihren Zobelmantel, ihr perfekt geschminktes Gesicht und roch ihr angenehmes Parfüm. Sie antwortete nicht, dachte an ihre Schwester.

„Ihr Sohn hat meine junge Schwester verkrüppelt", sagte sie leise, sofort bereuend, dieser Frau geantwortet zu haben.

„Ich weiß, aber er bereut es und bittet um ihre Vergebung".

„Vielleicht wäre meine Schwester gesund, wenn er nicht weggefahren wäre".

Gula wollte ihren Kopf von dieser Person abwenden. Sie konnte es nicht, sie war im Bett fixiert. Sie schloss ihre Augen.

In Deutschland erklärte sie Jo, warum der schwere Unfall ihrer Schwester nicht juristisch geahndet wurde. Gula hatte in Biskek drei Jahre Jura studiert. „Unser Rechtssystem ist noch immer wie in den russischen Zeiten".

„Gibt es keinen Kläger, wird kein Gericht tätig".

„Mittelalter für euch Deutschen", ergänzte sie leise. „wir leben damit. Die Frau hat meine Freundin im selben Krankenhaus besucht, ihr Geld angeboten und Nara hat genickt".

„Sie hat das bestritten. Aber es gab keinen Gerichtstermin, die Frau war reich und konnte jeden Staatsdiener bezahlen".

Nach einer langen Pause ergänzte sie, „ihr Westler seid dumm, versteht andere Kulturen nicht, Europäer sind wie Amerikaner, ihr lebt im Luxus ohne Bildung".

„Wer Geld hat, kauft Liebe wie Obst.".

„In meiner Heimat wächst Obst im Garten. Liebe wird durch die Entführung der begehrten Frau erreicht. Danach sind die Eltern Freunde".

Gula strich ihre langen schwarzen Haare aus ihrem Gesicht. Ihre dunklen Augen sahen Jo lange an.

„Komme mit", bat sie und stand auf. Sie zeigte ihm ein Taubennest auf ihrem Balkon. Jo sah ein Vogelei.

„Sieh es dir an, bitte", sagte sie, „aus diesem Ei wäre ein Lebewesen geboren. Ich bin nach Deutschland zurückgekommen und lebe in meiner Wohnung. Dieser Vogel wird seine Geburt nicht erleben. Die Taube brütet es nicht mehr, weil sie Angst vor mir hat".

Sie schwieg und umarmte Jo. Er spürte ihren Körper. Plötzlich spürte er ihre Tränen an seinem Hals. Sie weinte lautlos.

„Das ist das Leben", sie trat einen Schritt zurück, „Geburt und Tod sind Zufall".

Sie nahm die Hand von Jo und zog ihn in ihr Wohnzimmer.

„Hast du vergessen, dass ich mit dir Sex habe?", dabei schenkte sie grünen Tee in seine Tasse.

„Jo, ich habe nie einen Kunden gehabt, der ohne Orgasmus ging".

Sie setzte sich auf ihre Couch, die sie mit einer weißen IKEA Decke verhüllt hatte. Mit Jos Sohn kaufte sie zwei weiße Gardinen, als Jo seine alte beschmutzte Couch verkaufen wollte. Die Gardinen legte sie sorgfältig über das Sofa.

„Du musst nichts wegwerfen, sondern erhalten", sagte sie.

„Denke nach, eine weiße Gardine kostet bei Ikea dreißig Euro, eine neue Bettcouch fast dreihundert".

Sie lächelte schelmisch: „Du musst sparen, um mich zu haben, ich muss Geld verdienen, um dich zu haben".

„Verstehst du?".

Jo begriff, sie hatte vor einiger Zeit gesagt, „mit und ohne Betreuer ist es schwer, mein Leben zu gestalten".

Jo erinnerte sich an seine Jugend und sein Alter. Den Begriff „Betreuer" gab es früher nicht. Sie hießen Lude oder Freund.

Fairness out, Profit in! Patrizia und Anusha, seine älteren Freundinnen, erzählten von ihrem täglichen Kampf. Beide erreichten bald die sechziger Jahre ihres Lebens.

„Ich liebe dich, du bist mein Traumprinz, aber ich will leben", sagten sie offen.

Gula und Jo saßen unter einen Baum, der rote Blüten trug. Ihre Schultern berührten sich. Gulas Krücken lagen neben ihr, sie redete stockend: „ich muss nur zwei Monate durchhalten".

„Dann zahle ich dir alles zurück".

„Vielleicht sterbe ich vorher".

Sie schwieg einen Moment.

„Mein ältester Bruder erschien mir früher oft im Traum und gab mir Ratschläge".

„Seitdem ich diese Arbeit verrichte, erscheint er nicht mehr in meinen Träumen".

„Er starb im Krieg, wie mein Onkel und viele Familienmitglieder".

„Mein Bruder missbilligt mein Leben".

„Möchtest du etwas trinken?", fragte Jo. Es war warm in diesem April in Amsterdam.

„Nein, bitte höre mir zu", bat sie leise, legte ihren Kopf auf seine Schulter und streichelte seine Hand.

„Du bist anders, willst Liebe, aber ich brauche Geld, keine Gefühle".

„Am Anfang hatte ich Angst, dass du dich bei Patrizia beschwerst", sie lächelte verträumt, „aber du hast mit mir geschmust".

„Ich mag dich sehr, du bist mein Lieblingskunde".

„Verstehst du das?", sie hob ihren Kopf von seiner Schulter und versuchte in seine Augen zu sehen. Doch Jo wendete seinen Kopf ab, sah hinauf zu den roten großen Blüten des Baumes unter dem sie lagen.

Wirre Gedanken schwirrten in seinem Kopf:

„Rot ist die Farbe der Liebe".

„Dieser Baum wird seine Blüten verlieren und seine Samen verteilen".

„Davon lebt die Natur".

„Ohne Samen gibt es keine Fortpflanzung, ohne diesen Drang der Flora und Fauna, nein, jeglichen Lebens, hört dieses auf zu existieren".

Plötzlich vielen Jo die roten Blüten im Bremer Rhododendron Park ein. Gula und er fotografierten sich gegenseitig. Er hatte das Bedürfnis, sie zu küssen.

„Ich möchte dir einen Kuss geben".

„Warum?", antwortete sie.

„Weil du mit mir in diesem Park bist, alles blüht und ich bin glücklich", antwortete er.

Sie sah ihn an und antwortete, „komm, wir setzen uns an den kleinen Tümpel".

Sie überstiegen eine Absperrung und setzten sich auf das grüne Gras. Gula saß einen Meter neben Jo.

Sie blickten auf das Wasser. Eine Ente mit ihren sieben Küken fraß von den Algen. Plötzlich schoss ein Erpel heran. Er vertrieb die Ente und ihre Kinder mit unwilligem Quaken und heftigem Flügelschlag. Er wollte an diesem Ort essen.

„So sind die Männer", hörte Jo Gula sagen, „erst zeugen sie Kinder und dann vertreiben sie die Frau aus ihrem Leben".

Jo wollte heftig antworten. Aber Gula rutschte an seine Seite und legte ihre linke Hand auf seinen Mund.

„Ich weiß, du willst antworten, wie alle liebenden Männer".

Jo hörte ein kurzes Lachen.

„Aber sieh, die Ente und ihre Küken essen an einer anderen Stelle des Tümpels weiter".

„Ist das nicht viel besser für die Kinder?".

Jo verlor den Wunsch, Gula zu küssen.

„Danke", sagte er leise und umarmte ihre Schultern, „meine vier Kinder wollen nur noch oberflächlichen Kontakt mit mir. Ich war wie der Erpel".

„Ich kenne dich seit fast zwei Jahren", antwortete sie. Jo spürte ihre Zuneigung, als sie ihn zart küsste.

„Auch deshalb hast du mit einer anderen Frau zwei neue Kinder gezeugt. Du bist ein liebevoler Mann und Vater".

Aber seine Erinnerungen plagten ihn. Seine Erstgeborene fragte ihn auf der Fahrt zur Schule, „liebst du unsere Nachbarin mehr als Mama?".

Sie hatte mit siebzehn Jahren erlebt, wie ihr Vater ihren ersten Freund aus ihrem Zimmer warf, vom Rücksitz seines Autos beobachtet, wie die Nachbarn ihn umarmte und küsste, und erlebt, wie kläglich er als Elternsprecher in ihrer Klasse war.

„Warum kannst du nicht ehrlich sein?", fragte sie.

„Ich bin ein ehrlicher Mensch", behauptete er.

Seine Tochter erlebte das Gegenteil und Schlimmeres. Ihr Vater verließ seine Familie.

Auf dem Rembrandtplatz in Amsterdam sah Jo eine junge Amsel, die versuchte aus einer weggeworfenen Burgertüte Reste zu angeln. Dabei bewegte sich die Tüte. Die Amsel sprang erschrocken zurück und umkreiste die Tüte vorsichtig.

Eine größere Amsel schwebte zu ihr. Sie hackte auf die Tüte, die sofort von links nach rechts hüpfte. Die ältere Amsel ließ sich nicht stören, legte gekonnt die Essenreste frei und entfernte sich erst, als die junge Amsel den Mut fand, etwas zu essen.

„War es ihre Mutter oder ihr Vater", dachte Jo, wissend, es musste die Mutter sein.

Jo antwortete endlich Gula. Er spürte ihren Kopf wieder auf seiner Schulter.

„Ich will dein Geld nicht", sagte er.

Gula schwieg. Jo hörte ihre tiefen Atemzüge, die er so liebte, wenn sie schlief. Er wollte sie küssen, ihre Lippen spüren, eins werden mit ihr. Er wollte ihr spontan seine Liebe zeigen.

Sie öffnete ihren Mund und Jo hörte ihre säuselnden Schlafgeräusche. Sie behauptete zu schnarchen.

Früher hätte Jo sie gerüttelt, fast geschlagen, er erwartete Zuneigung, wenn er sie wollte.

„Jedes Lebenswesen will sich fortpflanzen", dachte er, seinen früheren Gedankengang wieder aufgreifend.

„Jeder Samen des Menschen ist wertvoll", hatte sein Pfarrer im Beichtstuhl gesagt, „er ist ein Geschenk an die Menschen".

Jo mied sofort das Weitspritzen mit Freunden auf dem Deich. Seine „Gulle" sei zu wertvoll, sagte er seinen Altersgenossen. Sie lachten ihn aus. Jo spritzte mit. Seinen Sieg genoss er nicht. Er fühlte sich als Verräter.

„Na klar, der katholische Messdiener hat gewonnen", lachten seine Kumpels, „jetzt kommt aber die zweite Runde".

Jo schaffte erst eine zweite Runde mit seiner ersten Liebe, der Frau eines Freundes in seinem Bett.

Jo beobachtete die vielen jungen Menschen auf dem kleinen Platz, der den Namen eines berühmten holländischen Malers trug. In der Mitte stand seine Statue.

„Nein, das ist seine Mutter", behauptete Gula überzeugt, dass Jo ihr die Unwahrheit sagte, als er behauptete, die Statue sei Rembrandt.

„Schau genau hin, die Person trägt weibliche Kleidung, einen Rock und spitze Schuhe".

Mehrere Magnolienbäume standen auf dem Platz. Unter einem saßen Gula und Jo auf dem Boden.

Gula schlief vor Erschöpfung. Der Fußweg vom Bahnhof zu diesem Platz mit Krücken dauerte lange, obwohl Jo sie stützte.

Jo sah viele dunkelhäutige Frauen auf dem Rembartplatz. Sie waren jung und schön.

Er erwachte. Eine hübsche negroide Frau verharrte vor ihm. Sie lächelte verschmitzt, zwinkerte mit einem Auge und zeigte auf Gula. Jo lächelte zurück.

„Hi there, goede dag", sagte er leise, um Gula nicht zu wecken. Er winkte mit seiner freien Hand. Die negroide Frau sah es nicht, sie setzte ihren Weg fort.

Jo hatte Durst und Hunger. Er sah andere Paare trinken und essen. Seine Partnerin schlief auf seiner Schulter.

„Sie hat ihren Abschied mitgeteilt", dachte er, „will mich verlassen, weil sie ein besseres Leben ohne mich erträumt".

Er versuchte, seinen Arm von ihr zu lösen. Konnte es nicht, sie wurde unruhig und atmete schwer.

„Verfluchte Scheiße", durchfuhr ihn seine Lebenserfahrung, „alle Frauen wollen mehr, als ich geben kann".

Jo wurde traurig. Er dachte an seine vier ältesten Kinder und seine sechs Enkel, die er seit Jahren nicht sehen durfte.

„Wir haben keinen Kontakt mehr mit dir", sagten sie, wenn er sich beschwerte. Er akzeptierte das. Irgendeinen Fehler hatte er bei ihnen begangen. Welchen wusste er nicht, konnte ihn nur erahnen.

„Ist gut so", überlegte er unter dem Baum mit roten Blüten in Amsterdam, Gulas schlafenden Körper spürend, „ ich bin ein alter Vater und sie haben ihr Leben gefunden".

Er wusste, dass er sich belog. Seine älteste Tochter sandte ihm nicht sein gewünschtes Bild von seinen Enkeln. Er begriff, dass er für seine geliebte Erstgeborene ein toter Mann war. Er war der absolute Schädling in ihren Augen und sollte ihre vier Kinder nicht durch Besuche belasten.

Eine Straßenbahn fuhr vorbei. Ihre Räder quietschten laut in der Kurve. Gula erwachte und hob ihren Kopf von seiner Schulter.

„Entschuldige bitte, ich bin erschöpft", sagte sie leise und rückte von ihm ab. Jo spürte ihren geliebten Körper nicht mehr.

„Schon in Ordnung", antwortete er aggressiv. Gula nahm sofort seine Hand.

„Ich habe von uns geträumt", sagte sie, „du warst mein Traumprinz. Wir lebten in einem Haus, wie es in Bremen im Bürgerpark steht. Eine große Wiese mit Feldblumen lag vor uns, als ich dir dein Frühstück servierte. Die warme Sonne hinter uns erzeugte in den grünen Bäume hinter der Wiese phantasievolle Schattenspiele".

Sie schwieg, erwartete eine Reaktion von Jo. Als keine kam, redete sie weiter.

„Jo, du warst der erste Mann in Europa, dem ich vertrauen konnte. Du hast mir bei der Wohnungssuche und beim Finanzamt geholfen, sogar meine Fehler beim Ausländeramt revidiert".

Jo stand auf, „ich gehe eine Zigarette rauchen".

„Bitte noch einen Moment", erwiderte sie, seine Hand festhaltend, „dir verdanke ich, dass ich in Bremen studieren kann! Verstehst du?"

Jo begriff ihren Abschiedswunsch. Er riss seine Hand aus ihrer.

Vor der Rembrandtstatue blieb er stehen.

„Alles Scheiße", dachte er oder sagte es sogar laut, „meine Liebe ist von meinem Geld abhängig und erlischt deshalb schnell".

Unbewusst lief er um die Statue in Amsterdam, kleine und große Kreise schlagend, oft zu seiner Liebsten sehend, die er als vergangen einstufen musste.

„Immer dieselbe Scheiße", schrie er laut. Seine drei Ehen und viele Lieben erwachten in seiner Erinnerung.

„Vierzig Jahre Ehe mit drei Frauen und sechs Kindern von ihnen sind die einzigen vorzuweisenden Leistungen in meinem Leben".

Jo litt, schlenderte, obwohl er rennen wollte, nuschelte Wortfetzen und wusste nicht, was er wollte.

Gula fing ihn ein. Sie kannte ihn.

„Jo, wir müssen Freunde bleiben", sagte sie, ihn in die Arme nehmend.

„Nein", schrie er laut und aggressiv, „vade retro".

„Panta rhei", entgegnete sie leise.

Im Flughafen Schierpool konnte Jo einen auf der Anreise von Bremen geäußerten Wunsch von Gula erfüllen. Er besaß ein KLM Ticket für sie. Die Bodenstewardess fuhr Gula mit einem Elektromobil zum Flugsteig.

Jo sah ihre glücklichen Augen. Er hielt ihre Krücken auf dem Rücksitz, wissend, dass sie zwei Monate in Herford arbeiten musste, um in Bremen studieren zu können.

Pünktlich erhielt er sein Geld zurück. Sogar die Kosten der Reise nach Amsterdam überwies sie ihm.

Jo erkannte, dass Gula ihn verließ. Er war nicht gewohnt, eine Trennung zu akzeptieren. Er verließ Frauen, nicht sie ihn.

„Was ist los mit ihr", fragte er Nara, „ihr seid Freundinnen, habt ihr Krach oder Frauengezäng?"

„Sie ist nicht mehr meine Freundin", antwortete Nara, „sie hat mich verraten, sich versteckt, als die Sitte kam. Ich werde mit meinen Möbeln aus unserer Wohnung ausziehen".

„Soll sie selber sehen, wie sie in einer leeren Wohnung ohne Geld leben kann", fügte sie wütend hinzu.

„Wenn du auszieht, musst du mir die Kaution zurückzahlen", forderte Jo.

Nara lachte. Ihre Lachfältchen dehnten sich und ihre Augen versprühten Heiterkeit.

„Du bist ein Engel, mein Jo, aber kein böser". Sie sagte es ernst und umarmte ihn.

„Hast du am Donnerstag Zeit", fragte sie ihn auf seiner ehemals weißen Couch, deren Flecke mit den weißen Gardinen von Ikea bedeckt waren, „ich will zum Amt. Es ist besser, wenn ein Mann wie du dabei bist".

Jo nickte. Entspannt und zufrieden lag er in den hellbraunen Armen von Nara.

„Ich benötige einen Gewerbeschein als Masseurin", forderte Nara. Die ältere Beamtin lächelte freundlich, „kommen sie in mein Zimmer".

„Sie können im Aufenthaltsraum warten oder draußen rauchen", die Beamtin sah Jo streng an, fast böse empfand er, und er ging in den Innenhof des Gewerbeamtes.

Jo hatte mit seinem Freund, einem Steueranwalt gesprochen, da Gula und Nara von der

Polizei in einem Appartement angetroffen wurden, das in lokalen Medien Dienste für Männer anbot. Das informierte Finanzamt reagierte schnell und drastisch, beide sollten fast zwanzig Tausend Euro zahlen.

„Zwei Möglichkeiten gibt es", sagte der Steueranwalt, „entweder anfechten, ein Gewerbe anmelden und glaubhaft weniger Einnahmen und hohe Kosten nachweisen, oder eine Klage androhen. Im ersten Fall belästigt sie das Finanzamt mehrere Jahre und überprüft intensiv die Angaben. Bei der zweiten Lösung wird auf Irrtum der Polizeibeamten geklagt. Im Erfolgsfall hat die Beschuldigte ihre Ruhe vor staatlichen Instanzen, solange sie nicht wieder tätig und erwischt wird".

„Ach ja", ergänzte der arrogant wirkende Freund von Jo, „sie können auch zahlen, aber dann müssen sie jedes Jahr zahlen".

Er lächelte blöd. Jo entschloss sich, ihn nicht mehr als Freund zu bezeichnen.

„Dann spare ich mir die Geburtstagsgeschenke für seine Kinder", dachte er, „und die langweiligen Besuche in seinem Haus in Verden".

„Du weißt, ich bin Anwalt und rechne nach einer festgelegten Gebührenordnung ab", ergänzte sein ehemaliger Freund, „im ersten Fall rechne ich zum letzten Mal pauschal ab. Im möglichen Klagefall zahlst du den korrekten

Aufwandsbetrag. Das sind je nach Ergebnis mit dem Finanzamt bis zu dreitausend Euro".

Jo wollte impulsiv antworten, aber Markus ergänzte, „ich bekomme mein drittes Kind, mein Haus muss bezahlt werden und meine Familie fordert ihren gewohnten Lebensstandard".

„Das geht allen Menschen so", wollte Jo antworten, „wir waren Freunde, haben uns geholfen, es gab eine Gemeinschaft, auf die wir uns verlassen konnten …".

Jo schwieg, es gab keinen Sinn weiter zu reden. Er erinnerte sich an die legendären Fahrten der Freunde nach Sandstedt, zu denen Markus gehörte. Sie riskierten viel, als sie die Motorräder der Babybiker in das kleine Hafenbecken warfen.

„Bietest du mir keinen Kaffee an", fragte er.

„Na klar", fröhlich drückte Markus eine Taste seines Telefons.

Seine dicke persönliche Angestellte, die ihre fetten Hängebrüste gerne zeigte, wenn sie Getränke eingoss, servierte den Kaffee auf ihre Art.

„Alles ist gut", sagte Jo beim Aufstehen, um das Büro zu verlassen. Er sah die erstaunten Augen und das Lächeln, das er seiner Ange stellten zuwarf. Deren fleischige Brüste waren ihm wichtiger.

Jo sprach mit Nara und Gula über sein Gespräch. Beide entschieden sich, wie sie konnten.

Nara bestätigte ihre selbständige Tätigkeit, bestritt die Höhe ihres Einkommens als Masseurin und zahlte rund tausend Euro an das Finanzamt und wurde registriert. Sie lehnte Markus als Rechtsbeistand ab.

„Nein, dieses Schwein war mein Au Pair Vater als ich nach Deutschland kam".

Gula schaltete Jos Anwalt ein. Jo zahlte rund zweitausend Euro an seinen Ex-Freund und die Forderungen des Finanzamtes wurden zurück genommen. Sie konnte studieren und erhielt Bafög vom deutschen Staat.

„**D**u musst mich unbedingt besuchen kommen", hauchte Nara in ihr Handy.

„Mein Freund hat mir eine wunderschöne Wohnung gemietet. Ich bin so glücklich".

„Gerne", antwortete Jo. Er erinnerte sich an die Zeit mit ihr.

„Ich lade dich zum Mittagessen ein, kannst du nächsten Freitag oder Samstag um drei Uhr kommen?".

„Bitte am Freitag", antwortete er, „Samstag fahre ich nach Berlin".

„Wunderbar, ich freue mich auf dich". Sie nannte ihre neue Adresse.

Nara servierte zwei Pizzen, als Jo ihr zum Einzug in ihre neue Wohnung einen Blumenstrauß übergeben hatte. Nur eine halbe Pizza aßen sie in ihrer Küche.

„Zeigst du mir deine Wohnung?", fragte Jo.

„Nein, sie ist mein Refugium", antwortete sie barsch, entschuldigte sich aber sofort, „mein Freund hat sie für mich gemietet. Verstehst du? Ich bin ihm dankbar". Sie lächelte Jo verschmitzt an.

„Ich habe eine ältere Schwester in meiner Heimat. Sie ist eine Schönheit. Darf ich ihr deine Mailadresse geben? Vielleicht magst du sie. Ich wäre sehr glücklich, wenn wir eine Familie werden".

Nara sprach schnell, als wolle sie eine unangenehme Nachricht loswerden. Sie besann sich und ergänzte mit ihrer normalen leisen Stimme, „entschuldige bitte…".

Jo unterbrach sie, „entschuldige dich doch nicht immer".

„Mensch, Nara, du bist eine tolle junge Frau! Du musst dich für nichts entschuldigen".

Nara beendete ihren Satz, als hätte sie den Einwand von Jo nicht gehört, „es fällt mir schwer, unsere Beziehung zu beenden. Mein Freund verlangt es von mir. Er ist anders als du. Eigentlich ein Kind. Er hat geweint, als ich ihm im Urlaub sagte, dass ich ihn verlasse".

„Darf ich dich zu einem Kaffee einladen", unterbrach er ihre Erzählung. Er wollte die Geschichte seines Nachfolgers nicht hören.

„Gerne", antwortete Nara sofort und lächelte. Dann ergriff sie eine Hand von Jo, streichelte sie und fuhr fort: „du weißt, wir waren mit seinem Motorrad in Griechenland, eines abends erzählte er von seinen Kindern und der Frau, die er nicht liebte".

„Wir tranken einen wunderbaren griechischen Wein, die Abendstimmung mit Sonnenuntergang auf dem Hotelbalkon, verstehst du? Ich bin in Urlaubsstimmung, er redet von seiner Frau!"

„Ich möchte rauchen", versuchte Jo ihren Urlaubsbericht zu beenden und zog eine Zigarettenpackung aus seiner Hemdtasche.

„Ich sprang auf, rannte in die Lounge des Hotels, ich hasse diese Männer, die eine jüngere Frau benutzen, um ihr gewohntes Leben nicht aufgeben zu müssen, weil sie zu schwach sind, ihre Welt zu ändern".

Sie sah Jo an, erwartete eine Reaktion von ihm. Es gab keine.

„Entschuldige, wir gehen in ein Lokal, in dem er herrlichen Kaffee gibt. Ich verstehe, ich soll nicht über meinen Freund reden. Wollte auch nie deine Anspielungen auf Gula und Anuha hören. Es tut mir leid".

„Bist du weggefahren?", fragte Jo, damit sie ihren Urlaubsbericht beenden konnte.

„Er ist ein starker großer Mann, wie ein Bär", sofort erzählte Nara weiter.

„Er kniete in der Hotelbar vor mir, heulte wie ein Kind, und schrie, ich wäre doch seine große Liebe. Er küsste sogar meine Füße".

„Na ja, du kennst das bestimmt, wenn jemand fliehen will, aber kein Geld dafür hat. Ich tröstete ihn"

Nara schwieg.

Jo dachte an die Zeiten, als er jeden Abend betrunken war, Suizidpläne schmiedete und Nara erschien, um ihm ein Essen zu kochen.

„Komm, wir gehen einen Kaffee trinken", unterbrach sie seine Gedanken, „an der Hauptstraße gibt es ein China-Restaurant mit dem besten Kaffee in Bremen-Walle".

„Ich liebe die Atmosphäre in diesem Restaurant". Gula lehnte sich genussvoll an die weiche Lehne der rot gepolsterten Sitzbank, „die Einrichtung erinnert mich an meine Heimat".

Sie saß mit ihrer Freundin am Fenster des Restaurants in Walle, die den Blick auf die stark befahrene Straße freigab. Ihre Blicke wanderten prüfend über die gewohnte Umgebung, das rötliche Interiör, Aquarium mit Süßwasserfischen und den typisch chinesischen verschlungenen Lampen und Tapeten mit Drachenmotiven. Sie war entspannt und zufrieden, es gab keine Veränderung im Lokal.

„Iss etwas, hier ist es gesund und schmackhaft, frisch zubereitet, ich lade dich ein".

Ihre Freundin widersprach sofort. Sie einigten sich auf die Hälfte der Rechnung.

„Woher kennst du dieses Restaurant?", fragte ihre Freundin.

„Es wurde mir empfohlen", log Gula und lenkte das Gespräch um, „warum hast du Liebeskummer?".

„Ich habe keinen Liebeskummer!", entgegnete ihre Freundin, „nur einen interessanten Mann frisiert, der mich bewegt hat".

„Und du, bist du glücklich, ein Kind zu spüren?".

Gula antwortete nicht. Ihre Entscheidung für ein Kind hatte sie selbst getroffen. Sie war über dreißig Jahre alt, wollte endlich das Gefühl erleben, von dem ihre Freundinnen schwärmten.

Der junge Kellner brachte einen Teller mit dem Besteck für das Essen und für Gula Essstäbchen. Er goss eine Neige des bestellten Wassers in ihre Gläser.

Gula füllte ihr Glas höher und erstarrte. Mit zitternden Händen verspritzte sie Wasser auf die hellrosa mit weißen Tupfen versehende Tischdecke.

Sie sah Nara und Jo in der Eingangstür. Einen kurzen Augenblick blickte sie Nara direkt in die Augen. Nur zwei Sekunden, dann schloss sich die Tür.

Der Kellner brachte die bestellte Vorspeise, krosse Rippchen mit scharfer Soße. Gula beschwerte sich über fehlende Essstäbchen, obwohl sie vor ihr standen. Sie erhielt ein zweites Paar mit entschuldigender Verbeugung des Kellners.

„Was ist passiert", fragte Gulas Freundin „hast du ein Gespenst gesehen?". Sie lachte unsicher.

„Nein", antwortete Gula mit zitternden Händen ein Rippchen in die Soße eintunkend, „ich habe zwei gesehen".

Nara

Nara und Jo gingen wenige Meter zum vorgeschlagenen Restaurant mit dem besten Kaffee in Bremen.

Jo öffnete die Tür und ließ Nara den Vortritt, wie er es gewohnt war.

Sie stieß ihn abrupt zurück auf die Straße.

„Hier nicht, wir fahren lieber woanders hin", schrie sie Jo an.

Sie rannte am Restaurant vorbei, Jo folgte ihr.

„Mein Auto steht in der Straße vor deiner Wohnung", rief er ihr nach. Aber sie rannte in die falsche Richtung.

Jo eilte ihr nach. Er sah hinter einer Fensterscheibe zwei bekannte Gesichter, verharrte kurz und rannte zu Nara.

„Nara, ich glaube, ich habe deine Freundin Gula gesehen", sagte er atemlos.

„Gula ist nicht meine Freundin", erwiderte sie leise, „sie hat mich belogen undbetrogen".

„Mit dir", dachte sie wütend. Die Monate der Enttäuschung über Gula fielen ihr ein.

Sie erreichten ein Stehcafe an einer Kreuzung.

„Hier ist der Kaffee noch besser", behauptete Nara.

Sie zwang Jo in den kleinen Raum, bestellte zwei Kaffee und trug die gefüllten Pappbecher an einen Stehtisch. Jo folgte ihr wortlos.

„Erinnerst du dich an den Vorfall in Herford, als die Polizei meine Freundinnen und mich kontrollierte?"

Jo blickte sie erstaunt an. Das Ereignis lag fast ein Jahr zurück.

„Na klar", antwortete Jo, „die Polizei hat mich doch angerufen".

„Habe ich dir erzählt, dass Gula sich versteckt hat", fuhr Nara fort. „Ich hatte einen Sozialausweis, die anderen Frauen nicht. Sie mussten zur Polizeiwache. Meine Daten wurden nur aufgeschrieben".

„Als alle gegangen waren, habe ich Gula gesucht. Sie lag zitternd unter einem Bett. Wir riefen die Vermieterin an und flogen am nächsten Tag nach Biskek".

Nara nippte an ihrem Kaffee.

„Vorsichtig", warnte Jo, „er ist sehr heiß".

„Ich mag nur heißen Kaffee", Nara winkte mit ihrer freien Hand verächtlich.

„Ja ich habe Gula in dem chinesischen Restaurant gesehen", sagte sie plötzlich, „hat mich getroffen. Ich habe geglaubt, sie nie wieder zu sehen".

„Sie saß dort mit einer Freundin", leise und bekümmert sprach Nara, „früher war das Gulas und mein Stammlokal".

„Auch das hat sie mir jetzt gestohlen", ihre Stimme klang nicht böse, eher nachdenklich.

„Sie war meine beste Freundin. Wir haben uns blind verstanden und geholfen, wann immer es nötig war".

„In Deutschland bekamen wir kein Geld als Au pair Mädchen. Wir flohen nach Bremen, putzten Büros, sortierten Samen von Pflanzen und lebten zusammen in einer dunklen Souterrain Wohnung. Aber wir lachten miteinander".

Zwischen ihren heraus gestoßenen Sätzen entstanden Pausen. Jo schwieg und hörte zu.

„Wir erlebten alles gemeinsam, fast wie Zwillinge. Dann versteckte sie sich in Herford, ließ mich allein mit der Polizei. Ich konnte ihr das nicht verzeihen".

„Wir flogen sofort in unsere Heimat", Nara sah Jo fragend an, „hast du ihr das Flugticket besorgt?"

Als Jo nicht antwortete, nur seinen Kaffee schlürfte, fuhr sie fort, „egal, wir haben uns in Kirgisien fast versöhnt. Dann kam der Autounfall. Unsere Zimmer im Krankenhaus lagen neben einander. Ich habe sie erwischt, als sie dich anrief. Sie hat es geleugnet".

„Hat sie dir erzählt, dass zu unserer Versöhnung gehörte, dass sie dich in Ruhe lässt?"

Nara erwartete keine Antwort, redete einfach weiter, „Vor meinen Augen hat sie deine Telefonnummer in ihrem Handy gelöscht. Alles Lüge und Betrug. Kaum konnte sie reden, rief sie dich an".

„Ich hatte eine Auslandsversicherung. Der ADAC hat mich nach Deutschland geflogen. Beschworen habe ich sie, eine Versicherung abzuschließen. Sie tat es nicht, war zugeizig".

Nara schwieg und Jo sah in ihre schwarzen Augen, die ihn fragend anblickten. Er kannte diese Geschichte aus der Sicht von Gula. Sollte er sagen, wie sehr Gula gelitten hatte, als Nara ihr die Freundschaft verweigerte, von den Hilferufen nach seiner Unterstützung berichten?

Jo entschloss zu reden, „Gula hat sehr gelitten, als du sie verlassen hast".

Nara sprang von ihrem Hocker und fauchte Jo an, „du Schwein, was weißt du von uns, was hat diese Sau geleistet, dass du sie liebst?"

„Sie hat mich nur gefragt, ob sie sich bei dir schriftlich entschuldigen soll. Du bist gegangen, wenn sie kam, und bist nicht an dein Handy gegangen, wenn sie anrief", Jo wollte Nara beschwichtigen.

„Du bist der ekeligste Mensch, den ich kenne", schrie sie laut, hektisch vor Wut und Enttäuschung atmend. Sie schlug ihm in sein Gesicht.

Bevor sie wegrannte, versuchte sie Jo den Rest ihres Kaffees ins Gesicht zu schleudern. Sie lief über die Kreuzung, ein Auto bremste scharf, der Fahrer hupte lange. Nara verschwand in die Richtung ihrer Wohnung.

„Sie haben eine sehr temperamentvolle Freundin", hörte Jo. Ein junger Mann grinste ihn an. Jo schlug zu. Seine angestaute Frustration explodierte.

Im Chinarestaurant, dessen Tapeten Abbildungen von freundlichen Drachen trugen, saßen Gula und ihre Freundin. Sie hatten sich bei einer Vorlesung an der Uni Bremen kennen gelernt, als sie zufällig neben einander saßen.

„Zwei Gespenster am helllichten Tag", fragte die Freundin.

„Ja, ein gutes und ein schlechtes", antwortete Gula wieder lächelnd.

„Nein", verbesserte sie sich sofort, „beide waren gut in einer vergangenen Zeit".

„Das verstehe ich nicht".

„Ich auch nicht mehr".

„Aber es bewegt dich".

„Liebe ist so schwierig".

„Ja, aber auch schön".

„Klar, sie ist wunderschön".

„Ich habe mich verliebt".

„In wen, kenne ich ihn?"

Gulas Freundin antwortete nicht, da der junge Kellner knusprige Entenbrust mit chinesischen Beilagen servierte. Beide benutzten ihre Essstäbchen und tranken von dem kühlen Weißwein.

„Mein Freund", berichtete Gula, „hat schon tausend Mal gesagt, dass ich zu Fleisch Rotwein trinken muss". Sie kicherte, „er ist ein Pedant, aber ich liebe ihn, sogar mehr als Weißwein".

Nach dem Essen tranken sie in Ruhe ihre Ka- raffe Wein aus.

„Bekenne, Ginika, kenne ich den Mann, in den du verliebt bist?", fragte Gula erneut.

Ginika überlegte einen Moment, „ja, wenn du auf den Mann geachtet hast, den du vorhin als Gespenst bezeichnet hast".

„Nein, das glaube ich nicht".

„Doch, ich habe ihn beim Jobben im Frisiersalon kennen gelernt. Er ist sehr schüchtern. Du musst ihn kennen, sonst hättest du ihn nicht ‚Gespenst' genannt".

Gula log, „er ist ein Gastdozent an der Uni. Ich habe bei ihm E-Tourism belegt".

„Wirklich?", Ginika staunte, „hätte ich nie vermutet. Er lebt so einfach in seiner Wohnung".

Gula wurde eifersüchtig. Sie konnte es nicht verstehen, dass diese Aussage ihrer Freundin sie störte.

„Da seid ihr euch aber schnell nahe gekommen", entfuhr es ihr.

Ginika sah sie erstaunt an, „hast du ihn geliebt?"

Gula forderte die Rechnung. Ihre gute Laune war verflogen. Sie erhielten vom Kellner zwei Gläser Likör und Glückskekse.

Gula aß den geschmacklosen Teig auf, bevor sie den Zettel mit der Glücksbotschaft öffnete.

„Die Weissagung wird nicht erfüllt, wenn der Keks nicht gegessen wird".

Ginika entgegnete, „die Botschaft liegt wie in einem Ei, deren Schale später verzehrt wird".

Sie lasen die Weissagung ihres Kekses und versenkten sie wortlos in ihrer Handtasche.

„Nein, bitte lies deine Botschaft vor", gleichzeitig forderten sie sich auf.

„Wer beginnt?", hastig zogen sie ihren kleinen Zettel heraus.

„Wer fragt beginnt".

„OK", Gula las vor, „Der Glücksdrache hilft dir, dein Leben zu meistern, wenn du an dich glaubst". Sie lachte unsicher.

Ginika glättete umständlich ihren Zettel und las, „Liebe ist wie Porzellan, es ist schön, aber zerbrechlich. Sei zuversichtlich".

Stille herrschte nach diesen Weissagungen aus Glückskeksen. „Glaubst du an diesen Quatsch", fragte Gula.

„Selbstverständlich nicht", kam als Antwort.

Beide steckten ihre Glücksbotschaft sorgfältig zurück in ihre Handtaschen.

Einen Tag später traf Jo Gula auf dem Campus der Bremer Universität. Er kam aus dem Büro des „Goethe Institut", in dem er zwei verbindliche Anmeldungen für die Kosten der erforderlichen Deutschkurse zur Genehmigung ausländischer Studenten zum Studium in Deutschland unterschrieben hatte, und prallte mit Gula zusammen, die zu einer Vorlesung rannte.

„Entschuldigung", sagte er automatisch und ging weiter.

„Hallo Jo", hörte er eine bekannte Stimme hinter seinem Rücken, „kennst du mich nicht mehr?"

Eine knappe Stunde später saßen sie in einem Cafe auf dem Uni Gelände, tranken Capuccino und Espresso, und Gula plauderte.

Jo hatte seine Vorlesung etwas früher beendet. Er wollte wissen, wie seine frühere Geliebte ihr Leben geordnet hatte.

„Jo, du hast gesagt, dass mein Studium nicht einfach ist. Für mich ist es sehr schwer. Kommilitonen aus meiner Heimat und ich haben Informationsabende organisiert, sogar mit Musik. Wir waren erfolgreich. Es gab einen Bericht über unser kirgisisches Fest in der Lokalzeitung mit Bildern von angeblich traditionell gekleideten tanzenden Frauen. Alles Quatsch, wir haben nur die Kleidung getragen, die wir noch nicht weggeworfen haben".

Sie stoppte ihren Redefluss.

„Geht es dir gut, hast du noch Kontakt zu Nara?", fragte sie plötzlich.

„Ja, deine Freundin hatte mich eingeladen", antwortete Jo.

Gula lehnte sich auf ihrem Stahlstuhl zurück. Sie blickte Jo starr in die Augen.

„Wenn du nur das brauchst, kannst du es jederzeit von mir besser haben". Ihre Stimme klang wie eine Aussage über die Entwicklung des Wetters.

„Ist doch egal", sinnierte sie, „Träume kommen und gehen. Du warst mein Prinz, der mir half, im westlichen Europa anzukommen. Jetzt lebe ich dort".

Sie nippte von ihrem kalten Capuccino. Jos Espresso Tasse war schon lange leer.

„Erinnerst du dich an deine Frage in irgendeinem Park oder in Amsterdam, ob du mich küssen darfst?"

Sie schwieg.

„Andere sagen kalt, du hast deine Chance gehabt".

„Bei mir ist es anders. Ich verstehe, dass du diese übliche Chance nicht willst".

„Ich bin schwanger", erzählte sie mit belangloser Stimme, „ein Tutor ist der Vater. Ich weiß noch nicht, ob ich ihn heirate".

Sie stand auf, „schade, dass du Nara bevorzugst". Nach ein paar Schritten, drehte sie sich um, ihr Gesicht war ernst, als sie zu laut sagte, „ich hätte lieber ein Kind von dir".

Nara entschuldigte sich für ihr Benehmen im Stehcafe in Walle. Jo akzeptierte und sie verabredeten sich in einem neu eröffneten Weinlokal im Steintor in Bremen.

Jo empfand Nara fremd, glaubte zu erkennen, dass sie unzufrieden war. Sie bestellten einen griechischen Landwein und sie tranken schweigend davon. Nara plauderte mit dem Barkeeper. Jo hörte nicht zu.

„Lass uns eine Zigarette rauchen", sagte sie zu Jo. Sie gingen vor die Bar zu anderen Gästen, die den bereitgestellten großen Aschenbecher vor der Tür des Weinlokals nutzten.

Jo starrte auf die alten Häuser, die geschlossenen Läden und Menschen, die an ihm vorbei gingen.

„Ich möchte dein Schlafzimmer sehen", sagte er. Er war geil auf Nara.

„Nein", antwortete sie sofort, „du würdest mich wieder lieben und ich dich nicht".

„Vergiss es, ich habe mein Leben gefunden, du nicht", ergänzte sie, ihren Arm um ihn legend.

Jo empfand Selbstmitleid und Hass. Er wollte schnell gehen, vergessen, verniedlichen und aufgeben.

Uninteressiert hörte er Naras Stimme, die ihre Schwester anpries, „eine wunderschöne Frau, liebevoll und anschmiegsam, genau was du brauchst. Sende endlich eine SMS an sie. Meine Schwester wartet auf dich. Wäre doch toll, wenn wir eine Familie würden".

Sie wählten das Restaurant „Oberneulanders" in Bremen. Hier hatten sie am ersten Tag ihrer Bekanntschaft gegessen.

Auch das Abschiedsessen, zu dem Nara eingeladen hatte, bevor sie heiratete, wurde in diesem gemütlichen Lokal eingenommen.

Nara erzählte beim Verspeisen des kleinen Fischgerichtes von ihrem „krankhaften Gefühl", ihrer Familie das Geld für ihr Visum und die Ausweispapiere nach Deutschland zurückzahlen zu müssen.

„Auch heute noch musst du in meiner Heimat viel Geld bezahlen, damit die Beamten etwas für dich tun", erzählte sie leise.

Sie berichtete von ihrem einjährigen ‚Au-Pair Job' in Deutschland, der durch Einsamkeit, Langeweile, Heimweh und Unverständnis der verschiedenen Kulturen und Sitten geprägt war.

„Erst als meine Freundin Gula nach Deutschland kam und wir beide in Bremen lebten, wurde ich wieder ein normaler, fröhlicher Mensch".

Jo wollte bezahlen und rief die Kellnerin. Sie kam mit der Rechnung. Bevor er sein Portmonee aus der Tasche ziehen konnte, überreichte Nara bereits die gewünschte Summe.

Die Kellnerin nahm es, blickte Jo an und bemerkte spöttisch: „Was sind sie denn für einer, dass sie die junge Dame bezahlen lassen?".

Jo war sprachlos. Er starrte Nara an. Sie lächelte freundlich und schob ein Geldbündel über den Tisch, „Jo, ich muss dir noch meine Schulden bezahlen".

Unter den interessierten Blicken der Gäste am Nebentisch und der Kellnerin, versuchte Jo das Bündel zurückzuschieben.

„Bitte nicht, du schuldest mir doch kein Geld".

„Doch! Du weißt es".

Dabei legte Nara ihre Hand auf seine und drängte sie zurück. Die Situation war Jo peinlich.

Er stand auf und ging zur Garderobe. Auf dem Rückweg steckte er das Geld in Naras Manteltasche. Er sah das unverschämte Grinsen des Wirtes.

Nara griff sofort in ihre Manteltasche, zog das Geldbündel heraus und steckte es in die Tasche von Jos weißem Hemd. Dabei küsste sie ihn.

„Die Bedienung war aber frech", bemerkte sie dabei laut: „Was geht sie unsere Beziehung an".

Jo stolperte aus dem Lokal.

Gula war Monate später feinfühliger. Sie ließ Jo im ‚Oberneulanders' bezahlen. Erst am nächsten Morgen bemerkte Jo auf dem Rücksitz seines Autos ihren Umschlag.

Ginika

Jo liebte Ginika. Sie war impulsiv, anschmiegsam und fröhlich.

Er hatte seine dritte Ehefrau verloren, die ihm über fünfzehn Jahre seine Haare schnitt. Ein neuer Nachbar empfahl ihm einen Friseur, der nur zehn Euro für einen Haarschnitt verlangte.

„Wer hat sie so kahl geschoren?", fragte die ihn bedienenden ausländische Friseurin in dem „Beauty and Style" Geschäft.

„Meine Ex", antwortete Jo.

„Noch einer", die Friseurin kicherte mit einer tiefen angenehmen Stimme, „Sie glauben nicht, wie viele Ex ihren Männern einen unmöglichen Haarschnitt verpasst haben".

Sie legte einen farbenfrohen Plastikumhang um Jos Schulter und wickelte einen engen Papierstreifen um seinen Hals.

„Wie viele Zentimeter Länge?".

„Egal", antwortete Jo, „ schneiden sie meine Haare wie sie wollen".

"Wie sie wünschen", sagte sie ihren Haarsschneider auf neun Millimeter einstellend.

Jo gab ihr aus Gewohnheit zwei Euro Trinkgeld, sie ihm eine Visitenkarte des Frisiersalons auf die sie ihren Namen schrieb.

„Mein Name ist ‚Ginika', fragen Sie bitte nach mir, wenn sie einen neuen Termin vereinbaren wollen".

Monate später, Jo verlor nicht nur seine dritte Ehefrau, sondern auch sein Haus und kämpfte hilflos um seine jüngsten Kinder und die finanzielle Zukunft seiner neunzig jährigen Mutter, ging er am Friseursalon der „Berliner Freiheit" vorbei. Eine junge negroide Frau stand vor der Tür und rauchte. Jo war einsam und lächelte jede negroide Frau an. Er liebte dunkle Augen und schwarze Haare bei Frauen. „Ochi chernye", erklang aus seinem Handy bei einem Anruf.

Sie trat ihre Zigarette aus, winkte ihm zu und rief lächelnd, „einmal Haare schneiden, bitte". Jo fiel ein, dass er diesen Satz standardmäßig beim Friseur sagte.

Seine Haare waren so unwichtig wie sein Essen. Die Haare sollten kurz sein, damit sie im Wind nicht umher flogen und sein Essen musste ihn sättigen.

Jo ging mit Ginika in den Friseursalon.

„Darf ich ihre Haare schneiden, wie ich es will?", fragte sie ihn, den obersten Knopf seines Hemdes öffnend.

Jo nahm seine Brille ab und legte sie auf den Frisiertisch.

„Ihre Haare müssen länger sein", sagte sie.

Sie benutze nicht die Haarschneidemaschine, sondern ihre Schere, um seine Haare zu schneiden. Jo fühlte ihre Hand auf seiner Kopfhaut.

„Ihre Augenbrauen müssen geschnitten werden".

Jo schloss seine Augen. Öffnete sie erst, als sie von seiner rechten zur linken Stuhlseite wechselte. Er sah dunkelbraune Augen, die ihn anlächelten.

„Ihren Schnurbart muss ich kürzen", hörte Jo sie sagen. Jo spürte ihre Hand, als sie seinen

Kopf nach hinten schob. Er genoss das Gefühl einer zärtlichen Berührung.

Er lehnte seinen Kopf nach hinten und sah ihr in die Augen. Ihr Gesicht war nah. Ihre braunen Augen blickten ihn an. Plötzlich spürte er ihre langen Haare an seinem Hals.

„Ich möchte sie küssen", dachte er, ihr starr in die lächelnden Augen sehend.

„Ich dich auch", träumte er, ihre Antwort zu hören.

Jo erwachte, als sie ihm den Plastikumhang abnahm, um seine Nackenhaare zu rasieren. Er spürte ihre Hände an seinem Hals.

„Darf ich sie zu einem Kaffee einladen?" fragte er.

„Nein, ich bin verheiratet", hörte er ihre Antwort und, „Danke, sie sind sehr nett". Jo war frustriert. Auf dem Heimweg ärgerte er sich über seine Frage.

„Was wird sie von mir denken", dachte er, „jetzt lachen alle Friseure in dem Geschäft über mich".

Jo ging selten zur Bank. Er benutze das Internet für Überweisungen und andere Bankgeschäfte. Sein benötigtes Bargeld zog er aus Geldautomaten.

Er entnahm gerade einige Banknoten aus dem Schlitz des Automaten, als er eine Hand auf seiner Schulter spürte. Erschrocken drehte er sich um. Er sah direkt in die tiefbraunen Augen von Ginika.

„Darf ich sie zu einem Kaffee einladen?", wiederholte sie seine letzten Worte im Frisiersalon und lächelte ihn an.

Jo stopfte sein gezogenes Geld in seine Hosentasche. Ginika stand so nah vor ihm, dass er nur ihr Gesicht sah.

„Sie ist perfekt unauffällig geschminkt". Jo war hilflos, fand keine lustige passende Antwort. Er starrte Ginika nur an.

„Komm bitte mit", hörte er sie sprechen, „wir gehen in das Eiscafe".

Jo spürte ihre Hand in seiner, die Besitz von ihm ergriff.

„Ich will deine Wohnung sehen", sagte sie später. Jo war in Trance gefallen. Er fühlte sich, wie vor vierzig Jahren als er „Schnee" nahm.

„Meine Wohnung ist nicht aufgeräumt", laberte er, als er seine Tür öffnete.

Sie lachte und umarmte ihn, „Sweety, dein Bett können wir doch aufräumen".

Ginika küsste ihn auf beide Wangen. Er ließ ihr den Vortritt in seine Wohnung, wie er es in seiner Kindheit von seiner Mutter lernte.

„Hi, du musst mich hineintragen", lachte Ginika. Jo umfasste ihren schlanken Körper und erwachte, als sie sich entwand.

„Langsam", sagte sie lächelnd, „ich will vorher duschen".

Jo wich zurück.

„Mit dir", ergänzte sie verführerisch lächelnd.

„Dein Schwanz ist zu groß für mich. Ich spüre ihn, wenn du mich küsst", ihre Aussage wirkte. Jo stellte seine Dusche für sie ein.

„Ich ziehe mich nur aus, wenn du nackt bist", sagte sie im Bad.

Als er nicht reagierte, zuckte sie mit ihren schmalen Schultern, zog anmutig ihren Pullover aus. Jo sah ihre nackten Brüste. Er bemerkte ihre kritischen Blicke. Schnell zog er sich aus, betrat die Dusche vor ihr und stellte das Wasser warm.

„Du siehst toll aus", sagte sie, „ich will dich spüren, wie du es willst".

Aber Jo wollte nur Sex, kein Gerede. Er sah ihre Augen, spürte ihre Lippen, heftigen Bewegungen und erlebte sich.

„Du bist toll", hörte er sich sagen. Ihm viel nichts Neues ein.

„Ehrlich", sagte sie beim Kuscheln auf seiner Couch, „ich habe in der Dusche vor dir Angst gehabt".

Jo richtete sich auf und sah sie erstaunt an. „Warum", fragte er, „ich war unsicher, du warst super".

Ärgerlich sah ihn Ginika an. Sie schlüpfte aus der Wolldecke.

„Ich mag diese Sprüche von Männern nicht. Ich dachte, du wärest anders".

Sie zog ihre Kleidung an. Jo sprang von der Liege und umarmte sie. Angst beherrschte ihn, Ginika zu verlieren.

„Ich beobachte dich seit Wochen", flüsterte sie, sein Ohrläppchen liebkosend, „ein Mal stand ich hinter dir bei ‚Netto'. Du hast mich nicht bemerkt".

„Nein, ich war zu aufgeregt, als ich dich gesehen habe", erinnerte sich Jo, „aber ich hatte keinen Mut, dich anzusprechen, ich empfand dich ablehnend, weil du verheiratet bist".

Ginika lachte herzhaft und fröhlich.

„Jo, viele Männer, denen ich die Haare schneide, baggern mich an", erklärte sie kichernd, „ich behaupte immer, dass ich verheiratet bin, schwärme von meinen Kindern, die ich nicht habe. Verstehst du?".

„Manchmal bin ich berechnend", ergänzte sie nach einem flüchtigen Kuss, „ich erzähle von meiner armen Familie und den Problemen in Deutschland zu überleben".

Ginika sah Jo selbstbewusst an.

„Einige Männer geben dann Trinkgeld".

„Du kennst das nicht. Der Inhaber des Salons will sieben Euro pro Männer-Haarschnitt für seine Kosten. Den Rest teilen wir unter uns auf, egal ob es Trinkgeld gibt oder nicht".

„Bitte, Ginika, magst du mit mir in ein Restaurant fahren. Wir essen eine Kleinigkeit als Freude über unsere unerwartete Bekanntschaft"?

Jo sah plötzlich Ablehnung in ihren Augen. Er erkannte, einen Fehler begangen zu haben.

„Nein Danke", antwortete sie ernst, „ich will mehr".

Ginika wollte in ihr Studentenheim. Sie erkundigte sich nach der passenden Straßenbahn.. Jo bat, sie in seinem Auto zu ihrer Wohnung fahren zu dürfen.

„Warum wohnst du in einem Studentenheim?"

„Sweety, ich studiere in Bremen. Dafür muss ich arbeiten".

Sie willigte ein, sein Auto zu benutzen. Jo fuhr vor seinem Haus gegen einen Pfahl. Er lachte, „in zwei Wochen wird mein Auto verschrottet, damit ich den Bonus von Frau Merkel für die Automobilindustrie erhalte", verkündigte er stolz.

„Du bist ein Träumer", entgegnete sie verhalten, „das ist schön!"

Jo hielt vor ihrer Wohnung in der Bremer Neustadt.

„Ich muss dich jetzt zu einem Kaffee oder Tee zu mir einladen", sagte sie, steif neben ihm sitzend. „Dass will ich aber nicht".

„Ich weiß, aber ich will es", entgegnete Jo.

„Kannst du mich lieben, wie ich es erträume?"

„Ich kenne deine Träume nicht".

„Doch, du hast sie erlebt, in deiner Dusche, deinem Bett und bei meinem Haarschnitt", behauptete sie.

Jo verstand Ginika nicht.

„Sie ist anders als ich", dachte er, „Frauen verstehen Männer nicht und umgekehrt".

„Ich liebe dich", schrie sie laut, „ich verlasse dein Auto nicht, bevor du ehrlich bist".

„Ich liebe dich auch", sagte er automatisch.

„Nein, du lügst mich an".

Ginika, auf dem Beifahrersitz des Autos sitzend, zog seine Hände an ihren Bauch.

„Ich will von dir Kinder haben", dabei lehnte sie ihren Kopf an Jos rechte Schulter.

„Ich bin sehr eifersüchtig", dabei küsste sie seine Wange, „wenn du einer anderen Frau nachschaust, mache ich dir eine Szene, die du nie vergisst".

„Das ist dein Preis für meine Liebe".

Sie presste seine Hände stärker an ihren Körper.

„Du wirst mich lieben, wie ich dich!"

Jo empfing wilde Küsse. Ihre Lippen schmeckten angenehm nach Erdbeeren.

„Die Liebe einer Frau ist stärker, als die eines Mannes", sagte sie, seine Lippen loslassend,

„du wirst mich nie verlassen wollen, aber dir meiner Liebe nie sicher sein".

In einer Parklücke steckte sich Jo eine Zigarette an, lieber hätte er eine Zigarre mit Bekannten, die er stur als Freunde bezeichnete, geraucht, in seiner Kneipe gesessen und den Charme der Wirtin genossen.

„Was hat Ginika", überlegte er, „warum ist sie mir fremd, obwohl wir uns liebten?".

Wütend über seine Situation raste er über die Hochstraße am Bremer Bahnhof, erzwang die Vorfahrt vor einem Mercedes und hupte wild, als ein Opel ihn zum Abbremsen zwang.

Er zwängte seinen Kleinwagen an den Rand einer Ausfahrt, die neben Rosa's Bar lag.

Rosa

„Deutsche Frauen sind mit fünfzig alt und verzogen wie ihre Enkel", laberte Markus in der Bar von Rosa, „sie wollen einen vergangenen Status mit dem Geld ihres Exmannes erhalten und ewig leben".

Wenn Markus betrunken war, behauptete er „die Amis sind schuld an allem mit ihrer Forderung nach der Weltherrschaft".

Rosa gab ihm keinen Alkohol mehr und kassierte das Geld für ihn von anderen Gästen.

Markus laberte weiter, „die Amis sind die schlimmsten Feinde der Menschen, sie wollen nur den Reichtum ihrer herrschenden Clique. Sie sind Imperialisten, Kapitalisten. Schweine, die ihre willkürlich ausgewählten Feinde in ihrem Schlachthof, dem elektrischen Stuhl, mit Schmerzen langsam verglühen lassen".

„Sie sind arrogant und dumm, können nicht ihre Todesurteile schmerzlos vollstrecken. Sie foltern Menschen, weil Humanismus ein unverständliches Fremdwort für sie ist".

Bevor Rosa ihn an die frische Luft brachte, schrie er, „aber sie sterben zu alt, sie können alles bezahlen, die teuersten Ärzte, Professoren und Medikamente".

Betrunken bestieg Markus sein neues Auto, sah die rote Ampel einer Straßenbahn nicht, konnte in letzter Sekunde bremsen. Der Schock ernüchterte ihn.

Er empfand Sehnsucht nach Rosa. Ihre Bar war geschlossen. Er rief ihr Handy an.

„Markus, ich habe einen langen anstrengenden Tag erlebt. Bitte gehe in dein Bett".

„Rosa, ich stehe vor deiner verschlossenen Tür", nuschelte der betrunkene Markus.

„Na gut, ich öffne dir. Wehe, wenn du kotzt".

Er ging sofort zu ihr. Friedlich und glücklich schlief er entspannt neben ihr auf einer Matratze. Nackt lagen sie schlafend neben einander. Er spürte ihren Körper, sie seinen.

„Ich liebe dich", sagte er gewohnheitsmäßig, „du bist mein Glück". Rosa lachte kurz.
„Ich will schlafen, du auch".

Markus Muskeln entspannten sich durch Zuckungen. Sie legte ihren Kopf auf seine Schulter. Er empfand Durst. Rosa begann zu schnarchen.

Rosa erlebte ihre Jugend in Leningrad, das jetzt Petersburg genannt wird. Sie empfand das als Verrat.

„Lenin war ein Menschenfeind und der Zar, Peter auch. Ich habe dort Schauspielschulen und Musikinstitute absolviert. Ich habe gelitten unter den Intrigen und den Professoren, nur unbedeutende Nebenrollen bekommen.

Ein Star wurde nur, der mit alten Frauen und Männern Sex hatte. Aber die es taten, bereuten es oft. Es gab keine Garantie".

Markus hörte die Geräusche ihres Schlafes, roch ihren Atem, der nach Kneipe stank, Alkohol und Tabak. Sie war die erste Wirtin, die vor einen zaghaften Versuch der Legislative in Deutschland in ihrem Lokal ein Rauchverbot durchsetzte.

„Meine Kleidung stinkt, meine Haare widern mich morgens an. Alles stinkt nach Rauch".

„Meine Bar läuft gut", sagte sie Monate später, als Markus sie fragte, wie es ihr gehe. Sie trafen sich zufällig in einem Einkaufsmarkt.

„Toll", antwortete Markus.

„Darf ich dich spüren und glücklich sein?", wollte er sie bitten. Aber Rosa ging weiter. Sie wollte mit ihm nicht sprechen.

Roy

In Rosas Bar traf sich der Stammtisch von Peter, Dieter, Markus, Jo und Roy. Sie saßen an einer Ecke des Tresens, auf dem ein Blechschild mit der Aufschrift „Stammtisch" stand. Neue Gäste ignorierten das oft. Rosa hielt streng die fünf Hocker frei.

Roy fuhr nur Fahrrad. Er hasste Autos, Straßenbahnen und Züge.

„Überall stinkt es", sagte er, „entweder nach Rauch oder Bananen-Fresser, die nicht arbeiten wollen, sondern vom deutschen Staat Geld bekommen, weil sie angeblich viele Kinder haben".

Markus starrte ihn nur an. Sie tranken bei Rosa Bier und Roy erzählte, „in der Straßenbahn und im Zug sitzen doch nur diese stinkenden Schwarzen, die Freifahrscheine vom Sozialamt haben. Ich bin als Singhalese dunkelhäutig, aber mit denen will ich nichts zu tun haben".

Nach einem Schluck aus seinem Glas ergänzte er, „ich bin seit fünf Jahren bei meinem Chef. Er ist Pole und hat eine deutsche Frau. Ich kann alles, Häuser renovieren, Treppen abschleifen und restaurieren. Letzte Woche habe ich seiner Schwester einen neuen Garten angelegt. Mein Chef ist sehr zufrieden mit mir. Ich kann alles. Morgen habe ich einen Scheißauftrag, muss ihn und seine Frau mit seinem Auto von Hannover abholen. Ich hasse Autos".

„Rosa hat mir erzählt, dass du asiatische Frauen magst", Markus wollte einen Zugang zu Roy erreichen.

Roy holte ein Smartphone aus seinem Rucksack und zeigte seine Werkzeuge, die er immer bei sich trug: Zentimetermaß, Schrauben und Muttern, Dichtungshanf, Tuben mit Silicon und Herdplattenschwärze, Schraubenzieher – er war für jeden Auftrag vorbereitet.

Schnell rief er in seinem Handy eine Internetseite mit asiatischen Frauen auf, die gerne in Deutschland leben würden.

„Suche Partner von dreißig bis sechzig", schrieben die Annoncen von Zwanzigjährigen.

Markus wusste von Rosa, dass Roy schon zwei Ehen mit japanischen Frauen erlebte, die sich nach ihrer Heirat schnell von ihm trennten.

Roy zeigte sein Navigationssystem und andere Apps. Voller Stolz erzählte er, dass ihm alle Anwendungen im Monat nur knapp fünfzig Euro kosten würden.

„Ich helfe dir gerne bei deinem Umzug", bot er Markus an, „aber fünfzig Euro musst du schon springen lassen".

Markus zahlte dankbar die gewünschte Summe.

„Erinnerst du dich an unsere Fahrten nach Sandstedt", fragte Dieter. Roy lächelte wie ein alter Mann, der sich an seine Jugendstreiche erinnert.

„Selbstverständlich, die Fahrten im Konvoi auf der Autobahn nach Bremerhaven, die engen Kurven der Landstraße…".

„Ja, ich sehe dich noch im Graben liegen", Jo lachte.

„Na und, meine Harley ist heil geblieben".

„Sie war das Wichtigste".

Roy fing an zu lachen. „Eine Lage für uns", rief er Rosa zu, die sofort ihre „Biker Lage" einschenkte. Fünf Wassergläser mit Moskovskaya, einem guten Wodka. Jo hatte ihn eingeführt in der Erinnerung an seine Zeiten in der DDR. „сто грамм (sto gramm)" hieß damals die Bestellung für ein Wasserglas mit Vodka.

„Ich vergesse nichts", Roy lachte nicht mehr, „vier Babys fuhren an uns vorbei. Einer rief, ‚toll ein Nigger im Graben'. Sofort habt ihr ihn geklatscht".

„Tolle Zeiten", sie tranken ihre „Lage" aus und bestellte eine neue.

„In Sandstedt erwarteten sie uns", nuschelte Jo, „sechzehn Nazis, die Hells sein wollten".

„Wir waren fünf", sie steigerten sich in die Erinnerung, redeten durcheinander, tranken Vodka.

„Jemand rief ‚der Nigger kommt'".

„Wir stiegen ruhig ab".

„Nein, sie versperrten uns den Weg zum Kai".

„Roy hatte den ersten Schlag".

„Nein, sie standen in einer Reihe auf der Deichabfahrt".

„Ich fuhr vorne und rief, ‚haut den Nazifratzen auf die Glatzen'".

„Quatsch, das war in Köln, viel früher, und wir riefen ‚haut die Glatzen in die Fratzen'".

„Aber Roy hat ihr erstes Bike über das Kai in den Hafen geworfen".

„Nein, nein, es war anders. Vier wollten mich fertig machen", Roy verbesserte seine Freunde, „aber Jo und Markus schlugen mit Fahrradketten zu…".

„Ich auch", verbesserte Dieter.

„War eine tolle Zeit", meldete sich Jo, „wir bekamen riesige Portionen Pommes mit zwei Würsten gratis von der Bude am Kai".

„Nee, ich habe ihr zehn Euro gegeben", warf Markus ein, „die Polypen sollten keine Anklage wegen Zechprellerei haben".

„Zehn Euro für fünf Essen, da bist du aber großzügig gewesen".

„War er auch, hat bestimmt drei Cent Trinkgeld gegeben".

„Heute Abend seid ihr aber gut drauf", Rosa schenkte Wodka nach.

„Übrigens deine neue Freundin hat mich mit dir betrogen", sagte Roy Tage später, sein Bier austrinkend und zwei Wodka bestellend, „sei aufmerksam bei ihr". Er lächelte Markus an. Sie tranken den Wodka aus Wassergläsern. Roy stand auf, „ich verlasse Europa, ist nicht meine Welt".

Keiner glaube ihm, aber Roy war ab dem nächsten Tag weder in seiner Wohnung noch am Handy erreichbar.

Roy war Seemann. Er kannte viele Häfen und das Leben auf Frachtschiffen. In Mumbai (Roy nannte seine Heimatstadt stur weiter

Bombay) hatte er als Smutje angefangen. Er servierte vorgeschriebene Gerichte, damit die gesunde Ernährung gesichert war. Als Koch wählte er später die unterschiedlichen Speisen für die Mannschaft und die Offiziere aus.

„Am Schlimmsten waren die Homos", beichtete er Suijan, seiner neuen Frau aus China, „als Offiziere wollten sie jeden unterdrücken und Sex haben".

„Der Kapitän war oft der Schlimmste", ergänzte er, „er ist Papst und Kaiser in einer Person auf seinem Schiff".

Suijan schaltete den Fernseher ein. Sie interessierte sich nicht für ihn und seine Vergangenheit.

„Hast du mir meine Creme gekauft?", fragte sie. Roy antwortete nicht. Er hatte ihr geholfen nach Europa zu kommen, viel Geld bezahlt und sie geheiratet.

Er stand auf, verließ seine zwei Zimmerwohnung im Hochhaus und atmete glücklich die satte Herbstluft in Bremerhaven ein. Ihm viel ein altes japanisches Lied ein, dass die Matrosen zum Abschied sangen.

„Ich hoffe, dass mein Lächeln
in Deinem Leben bleibt.
Auch wenn jetzt der Abschied kommt, wird dein Leben weitergehen".

Asiatische Liebe

Dieter

Dieter liebte Ramkumari. Aber er wollte sie „Anusha" nennen. Sie akzeptierte ihren neuen Namen. Sie liebte Dieter.

Er zahlte alles, schenkte ihr Schmuck und teure Reisen, verschuldete sich und betrog seine Firma, um seinen Lebensstandard mit seiner großen Liebe, die er Anusha nannte, zu erhalten.

„Roy", sagte er seinem Nachfolger, „ich töte dich, wenn du ihr schadest".

Roy lachte, „Sei nicht albern. Deine Anusha ist stark. Du nicht. Ich arbeite für sie, renoviere ihre Häuser und Wohnungen, weil ich Sex mit ihr habe. Sie zahlt nichts für meine Arbeit".

Dieter wollte aggressiv antworten: „Du Nigger", dachte er, „was weißt du von Liebe?"

Er hörte, die gedanklich erwartete Antwort, „mein Körper ist dunkel, mein Schwanz auch, frustrierte Frauen lieben das".

Aber Roy sagte, „du liebst eine Frau, die dich nicht mehr liebt. Du weißt es und schläfst mit einer ihr ähnlichen Person. Hast kein Verlangen mehr zu ihr, weil du in der Liebe zu deiner Anusha verharrst".

Dieter wollte Roy bestrafen, irgendwie, er hasste ihn. Roy war sein Angriffspunkt. Sein einzig greifbarer.

Später im seinem Bett fielen ihm viele adäquate, aggressive Antworten ein. Zu spät, wie er selbstkritisch erkannte.

Anusha hatte im November Geburtstag. Alle Gratulanten, die morgens anriefen, lud sie um drei Uhr nachmittags zu einer kleinen Feier ein. Roy, der den Termin schon kannte, wurde eindringlich aufgefordert, nicht eher zu erscheinen.

Gegen drei Uhr zehn betrat Roy ihr Haus, aus dem bereits fröhliches Lachen drang. Er überreichte Anusha fünf langstielige Rosen, die durch gezüchtete, üppige, dunkelrote Blüten bestachen.

„Danke, mein Schatz", rief Anusha übertrieben laut, damit die Anwesenden aufmerksam wurden.

Roy erkannte alte Bekannte. Sahira und drei andere Freundinnen standen in der Küche und redeten miteinander. Im Wohnzimmer saßen Peter, Jo und Dieter. Später kamen noch weitere Bekannte.

„Hey Roy, toll, dass du da bist", Dieter übertrieb seine angebliche Freude, ihn zu sehen, so sehr, dass jeder merken musste, dass er log. Er redete sofort weiter: „Ich habe den ganzen Vormittag Anusha geholfen, hier aufzuräumen und einzukaufen".

„Dieter, wo ist der Kaffee?", laut und bestimmend erschallte die Stimme von Anusha.

„Bin schon unterwegs". Dieter sprang auf und eilte in die zweite kleine Küche von Anushas Haus.

Roy durfte von einem Schrank eine große Vase für seine Blumen holen. Anschließend zog er seinen Mantel aus und begrüßte per Handschlag die Anwesenden. Inzwischen wurde das von ihm erwartet. Er war in ihren Augen der Ausländer, der deutsche Gebräuche übernommen hatte.

Peter stellte den laufenden Fernseher im Wohnzimmer immer lauter.

„Ich kann dieses ewige, dumme Gequatsche der Frauen nicht ertragen", brüllte er dabei Roy ins Ohr: „Seit achtzehn Jahren kenne ich Anusha und ihre Freundinnen. Immer reden sie und reden. Nur dummes Zeug. Ob jemand reich ist oder arm. Wer zu wem passt und anderes Frauengewäsch".

Nach diesem, leicht genuschelten Frustsatz stand Peter auf und holte sich ein weiters Bier.

Roy nutzte die Gelegenheit, den Fernseher leiser zu schalten, obwohl der ausgestrahlte Musiksender gerade einen seiner Lieblingssongs dröhnte.

Dieter kam mit einer Thermoskanne Kaffee in den Raum: „Hoffentlich ist er nicht zu stark geworden", bemerkte er, kniend den Kaffe in die auf dem niedrigen Couchtisch stehenden Tassen schenkend.

„Viel zu stark", beschwerten sich mehrere.

„Könnte ein bisschen stärker sein", entfuhr es Roy.

Sahira und ihre Bekannte nahmen ihre Tassen und gingen zurück zu Anusha in die Küche. Peter hatte den Fernseher so laut gestellt, dass die Töne der Musik an die Grenzen der Lautsprecher stießen. Unangenehme Zwischentöne entstanden.

„Ich möchte rauchen!". Peter steckte sich eine selbst gedrehte Zigarette in den Mund.

„Wage es nicht", barsch und unbarmherzig tönte Anushas Stimme aus der Küche: „Ich kündige dir sofort deine Wohnung!".

Roy war überrascht, dass die kleine, zarte Anusha eine derartige, aggressive Stimme haben konnte. Peter stand sofort schwankend auf, steckte seine Zigarette in die Brusttasche seines Flanellhemdes und wankte nach draußen auf die Straße.

Dieter stellte den Fernseher leiser.

„Sie ist wie ein Feldwebel", sagte er zu Roy, „jeder ist überrascht, wie taff sie sein kann. Das ist ihre Stärke".

„Sie hat vor knapp dreißig Jahren ein Einfamilienhaus in der Neustadt gekauft. Dann bekam sie vom Bauamt eine Anzeige und sollte knapp zweihunderttausend Mark Strafe zahlen. Sie hatte die sieben Zimmer in einem Jahr neunundsechzig Mal an Ausländer vermietet. Kannst du dir das vorstellen? Ungefähr neun Ausländer müssen damals in jedem Zimmer gehaust und ihr Miete gezahlt haben! Es stand sogar im ‚Weser Kurier'".

„Aber dann hat sich das Ganze letztlich doch nicht gelohnt", warf Roy ein.

Dieter lachte, „du kennst meine Ex nicht so lange, wie ich. Das Gericht verurteilte sie zu sechstausend Mark. Es gab ja keine Kläger! Die meisten Mieter waren beim Gerichtstermin nicht erschienen. Es waren Ausländer, meistens Neger, die hatten vor deutschen Gerichten Angst".

Roy ging zu Peter auf die Straße. Er musste dringend frische Luft atmen.

Anusha

Anusha hatte schlecht geschlafen. Jos Couch war zu hart. Durch das geöffnete Fenster im Wohnzimmer drang der Lärm, der viel befahrenen Straße und das Quietschen der bremsenden Straßenbahn Nummer 1 in Bremen, die von Huchting bis Mahndorf in Bremen fuhr und vor der Wohnung eine Haltestelle hatte.

Anusha wollte aufstehen und das Fenster schließen. Leider hatte Jo keine Vorhänge vor seinen Fenstern, helles Licht drang in ihre Augen. In ihrer geliebten Wohnung in der Neustadt gab es weder Lärm noch blendende Helligkeit.

Trotzdem war sie glücklich. Sie unterdrückte ihren Schlafwunsch, als Jo sie auf die Stirn küsste. Gerne hätte sie ihre Arme um ihn gelegt, ihn zu sich unter die warme Decke gezogen und sich an ihn geschmiegt. Aber sie wusste, Jo erwatete den Besuch eines Mitarbeiters.

Sie öffnete deshalb langsam ihre Augen und hörte: „Moin, mein Liebling. Möchtest du Tee oder Kaffe?".

„Lieber Tee", antwortete sie.

„Kommt sofort". Seine Stimme klang wach und Energie geladen.

„Danke, dass du mich verwöhnst".
Sie drehte sich zur Wand.
„Nur noch ein paar Minuten", dachte sie.

Es klingelte an der Wohnungstür. Schnell sprang sie von der Couch und hastete, ihre Kleidungsstücke an sich raffend, in das Bad.

Als sie geduscht und angezogen in das Wohnzimmer trat, war der Besucher schon gegangen.

„Alles in Ordnung", fragte sie Jo.

„Alles OK. Ich habe die Kopie seines Personalausweises". Mehr wollte er nicht sagen. Anusha akzeptierte sein Schweigen. Sie hatte ihn am Abend zuvor ihre ganzen Erfahrungen und körperlichen Möglichkeiten spüren lassen.

„Es war schön", dachte sie, „vielleicht wird mehr daraus".

„**D**u musst Dich dem Rhythmus hingeben", Anusha lächelte fröhlich, schwang kreisend ihre Hüfte, während sie ihre langen Beine im Samba-Rhythmus bewegte. Anmutig schwang sie ihre schlanken Arme.

Gerne hätte Jo den Samba ähnlich genossen. Zwar hatte er mit Anusha in Bremen einen

Tanzkursus belegt, aber es war für beide ein unmöglicher Kampf geworden. Den festen Schrittfolgen der Standardtänze konnten sie nicht folgen. Ständig verwechselten sie den richtigen Beginn mit dem linken oder rechten Bein.

Hier in Padua auf dem ‚Piazza Vittorio Emanuele', den die älteren Italiener stur ‚Prato della Valle' nannten, tanzte jeder, wie er konnte. Jo bewunderte die vielen jungen Studentinnen, die sich wie im Trance zu bewegen schienen. Schön und anmutig anzusehen. Andere bildeten eine Kette, fassten sich an den Händen und tanzten zusammen die gleichen Schrittfolgen.

„Fast wie eine Samba-Vorstellung", dachte Jo.

Er genoss diesen warmen Abend unter dem dunkelblauen Himmel. Hinter der Samba-Band erstrahlten die Kuppeln der ‚Basilica die Santa Giustina' im Licht der untergehenden Sonne. Neben ihm stritt eine hübsche, negroide Frau mit ihrem Freund. Der drehte sich nach kurzem Disput ab und verschwand in einer kleinen Seitenstraße. Seine Freundin tanzte unbeirrt weiter. Jo erinnerte sich an die angenehmen Zeiten mit Joy.

„Onkel, Du musst kommen. Das Essen ist fertig".

Die achtjährige Ninra zupfte Jo am Arm. Jo musste sich daran gewöhnen, Onkel genannt zu werden. Aber Anusha hatte erklärt, dass die Familie ihrer Tochter ihm damit ihre Verbundenheit zeigen wollte.

„Ich komme sofort, muss nur noch deine Oma finden".

Er hatte Anusha aus den Augen verloren, hatte einfach nur verträumt getanzt und seine Umwelt beobachtet.

Ninra glitt geschmeidig auf ihren Insidern durch die Tanzenden und raste auf der freien asphaltierten Strecke um den halben elliptischen Platz. Die über achtzig Bildsäulen berühmter Paduaner, die versteinert durch die lebenden Menschen starrten, dienten ihr zur Orientierung, den Platz ihrer Eltern zu finden. In deren Nähe stoppte sie ihren wilden Lauf. Die restliche Strecke musste sie mühsam auf ihren Insidern über den satten grünen Rasen stolpern.

„Der Onkel kommt gleich", raunte sie ihrer Mutter zu, die nur nickte und die zubereiteten Hähnchenschenkel und Hühnerflügel neben die beiden Salate auf die Decke stellte. Dazu gab es Brot und scharf gewürzten, singhalesisch zubereiteten Reis. Durstig trank Ninra ihre Zitronenlimonade. Ihr Vater und sein

Arbeitskollege aus der großen Vorstadtfabrik hatten Hunger. Sie warteten aber auf den „Onkel". Er war ihr Gast. Nur die vierjährige Felicia durfte etwas unter den strengen Augen ihrer Mutter naschen. Ihr älterer Bruder erregte sich über diese Ungerechtigkeit.

Endlich kamen die Gäste, Hand in Hand, langsam über den dunkel werdenden Rasen schlendernd. Beide waren erschöpft vom langen Tanzen. Aber ihre Augen leuchteten. Das Essen konnte beginnen. Jo erhielt von seiner Gastgeberin einen Teller mit einer Auswahl aller Köstlichkeiten. Jo mochte diese scharfen, würzigen Speisen. Er aß viel in Padua. Anusha ermunterte ihn dabei, „du musst sehr viel essen, sonst ist meine Tochter beleidigt und denkt, du magst ihre Gerichte nicht".

Nach dem Essen legte sich Jo auf den warmen Rasen, blickte in die Kronen der Pinien. Er genoss den abendlichen, noch blauen Himmel und lauschte den Stimmen der vielen Menschen, die auf dem großen Platz ihr Picknick genossen. Über dreihundert Familien, schätzte er, fanden hier ihre abendliche Entspannung. Überall wurde beim Essen heftig diskutiert. Das war die italienische Gesprächsbereitschaft, die Jo so liebte.

In diesem Teil des Platzes lagen viele Singhalesen auf dem Rasen. Sie feierten das Ende des Krieges in ihrer Heimat. Die indische Großmacht hatte geholfen, die Tamilen in Sri Lanka zu besiegen.

„Ist es nicht wunderbar, dass der Krieg in meiner Heimat zu Ende ist?", Anusha strahlte Jo an, „nach über dreißig Jahren ist Frieden in meiner Heimat".

„Ich weiß nicht viel von diesem Krieg. In Deutschland wurde wenig darüber berichtet".

„Das ist traurig. Wir Singhalesen haben nur über das Internet Informationen erhalten. Selbst hier in Italien. Mein Schwiegersohn hat die letzten Monate nach seiner Schicht abends am Bildschirm gesessen, um die Berichte im Internet zu sehen".

Jo wollte fragen, ob das indische Berichte im Internet waren, entschloss sich aber, seine einseitige Einschätzung nicht auszusprechen. Welches Recht hatte er, sich negativ in eine fröhliche Stimmung einzumischen? Neben ihnen brach ein lauter Disput los. Anusha schaltete sich ein und die Lautstärke der Diskutierenden schwoll ab.

„Wusstest Du, dass Velupillai Prabhakaran tamilische Kinder in den Krieg gezwungen hat?", übersetzte und erklärte Anusha.

„Seine eigenen Kinder hat er auf eine Eliteschule in England geschickt".

Anusha spuckte angeekelt auf den Rasen.

„Wer ist das?". Jo wagte erst nach einer Pause zu fragen. Es war ihm unangenehm, so wenig über das Heimatland seiner Gastfamilie zu wissen.

„Er war der Anführer der Tamilen", geduldig erklärte Anusha die Hintergründe des langen Bürgerkrieges.

Jo fand es angenehm, dass sie ihm ihre Lebensgewohnheiten erklärte und als Dolmetscherin ihrer Familie fungierte. Er kannte die singhalesische Sprache nicht. Anusha hatte ihm nur die allgemeine Grußformel gelehrt: „áyubóvan".

„Viele Menschen aus Sri Lanka glauben ich sei eine Tamilin", Anusha beendete ihre Erläuterungen, „ich trage meine Nasenperle auf der rechten Seite, wie es nur bei den Tamilen üblich ist".

Plötzlich berührte die kleine Felicia Jo eindringlich am Arm und zeigte zum Himmel. Schwarze Wolken zogen auf. Ein leichter Nieselregen begann zu tropfen. Die Samba Musik erlosch abrupt am anderen Ende des Platzes. Eilig rafften die Menschen ihre Sachen zusammen und rannten zu den nächst gelegenen Arkaden, Hauseingängen und aufgespannten Schirmen. Der Regen wurde stärker und steigerte sich zum Hagel.

Unter den Arkaden und anderen Unterständen wurde es eng. In panischer Angst um ihre Autos preschten die Fahrer unter jeden möglichen Schutz. Ein wildes Hupen begann, damit die Menschen Platz freigaben.

Nur die ‚Translohr', die von einer Schiene geführte und mit Gummirädern fahrende Straßenbahn, fuhr unverdrossen um den Platz und nahm viele Durchnässte auf. Dann verschwand sie in den hohen engen Straßenschluchten von Padua.

Regen und Hagel wurden weniger. Sein Gastgeber mit Freund wollten die entfernt geparkten Autos holen. Jo setzte sich auf den Boden und lehnte sich an die Hauswand.

Felicia krabbelte müde von ihrer Mutter zu ihm herüber. Sie sprach mit ihm. Jo verstand nichts. Er lächelte nur. Felicia sah ihn nachdenklich mit ihren großen, dunklen Augen an. Dann lächelte sie plötzlich und fing leise an, ihre im Kindergarten gelernten Lieder zu singen. Jo war gerührt. Er applaudierte und ermunterte sie mimisch, doch weiter zu singen. Gerne sang Felicia ihre Lieder erneut.

„Sie hat dich wohl gerne", Anusha unterbrach die Stimmung. Felicia rannte sofort mit enttäuschtem Gesicht zurück auf den Schoß ihrer Mutter. Jo sah Anusha traurig an:

„Ich vermisse meine Kinder".

Wenn Anusha zum Essen einlud, hatte sie eine Einladung bei einer Verwandten oder Freundin. Dort gab es indische, singhalesische oder thailändische Speisen. Die Gastgeberin kochte und servierte. Anusha und Jo genossen die Köstlichkeiten und die Zeremonien.

Heute fuhren sie zu einer langjährigen Freundin von Anusha, die in Indien aufgewachsen war. Sie wohnte in einer Sozialwohnung in Bremen-Gröpelingen.

Anusha erzählte auf der Autofahrt, während sie Jos Hand zärtlich streichelte und seine dick gewordenen Handgelenke massierte, „ich habe früher als Masseurin gearbeitet. Dieter, mein Exmann, sagte oft, ich solle damit aufhören, er habe genug Geld".

Jo musste scharf bremsen und Anusha fiel trotz Gurt nach vorne. Sie hatten das Ende eines Staus erreicht.

„Aber Dieter hat gelogen", fuhr Anusha unbeirrt fort, „er hat Geld unterschlagen, um mir ein Traumleben bieten zu können. Er hatte aber Glück und wurde auf Bewährung verurteilt. Trotzdem muss er fast fünfhundert Tausend Mark zurückzahlen. Damals gab es noch keinen Euro".

Langsam löste sich der Stau auf und Jo konnte im ersten Gang vorsichtig weiterfahren.

„Aber ich mache Dieter keine Vorwürfe", beichtete Anusha, „er musste für seine erste Frau und sein Kind bezahlen. Mir bot er ein Leben in Sechs-Sterne-Hotels. Er schenkte mir wertvollen Schmuck. Wir waren auch ein Traumpaar. Ich habe mich später von ihm scheiden lassen. Er war zu eifersüchtig, weil ich meinen Job als Masseurin nicht aufgegeben habe".

Endlich konnte Jo die Autobahn verlassen und in Richtung Gröpelingen fahren.

„Wir waren auf einem Fest in Berlin", erzählte Anusha weiter, „ein gut aussehender Mann forderte mich auf und wir tanzten. Dabei legte er seine Hand auf meine nackte Schulter. Dieter ist ausgerastet. Er wirft mir das noch heute vor".

Jo sagte nichts. Er musste sein Auto vor dem nächsten Stau an der Baustelle vor einer einspurigen Brücke abbremsen.

„Aber ich bin immer vorsichtig gewesen", Anusha wollte Jo einiges erklären, bevor sie eine festere Beziehung mit ihm eingehen konnte, „als Masseurin habe ich viel Geld von Männern erhalten. Davon habe ich meine Häuser und Eigentumswohnungen gekauft. Als Dieter angeklagt wurde, habe ich sofort die Scheidung eingereicht. Das hat er mir nie verziehen".

Nachdenklich fügte sie hinzu, „wir waren ein ideales Paar. Er war groß wie du und ich war eine junge, sexy Frau. Die Männer haben sich nach mir umgedreht, wenn ich mit langen Stiefeln und im kurzen Rock neben meinem großen, schlanken Mann spazieren ging".

Der Verkehrsfluss gestatte es Jo auf ihren Bericht einzugehen.

„Aber ihr versteht euch doch immer noch sehr gut", Jo hatte beide bei Festen und Besuchen erlebt. Dieter versuchte stets, Anusha zu bevormunden und sie ließ ihn gewähren.

„Ja, vielleicht war ich zu voreilig", Anusha wurde nachdenklich.

„Aber er hat angefangen zu trinken, eine indische Freundin gefunden, die Geld für Drogen hat. Er ist auch bald abhängig. Aber er hört manchmal noch auf mich".

Anusha schmiegte sich an Jo und legte ihre Hand auf seinen Oberschenkel.

„Er ist ein guter Kaufmann und Freund für mich. Bevor er alles verlor, hat er mir zwei Häuser überschrieben. Das werde ich nie vergessen".

Jo erinnerte sich an die telephonische Warnung von Dieter, mit Anusha eine Beziehung einzugehen.

Er war sich der Vergangenheit von Anusha bewusst. Andererseits gefiel es Jo, neue Menschen aus ihm unbekannten Kulturen kennen zu lernen, und neue Charaktere zu treffen, deren Reaktionen ihm fremd waren. Er genoss auch sehr die Gefühle der Liebe und Zärtlichkeit, die Anusha ihm schenkte.

„Du bist das Wichtigste für mich", sagte sie, „nur mit dir will ich leben".

Aber Jo erinnerte sich auch an den Anruf, „ich will sie ja nur warnen, damit sie sich nicht in der Reihe der Geschädigten von Anusha einreihen".

„Entschuldigen Sie, wie komme ich zur ‚Nienburger-Straße'?". Jo hatte nach zwei befragten Passanten, die nur bedauernd die Schulter zuckten, endlich einen Taxichauffeur fragen können. Er bekam die gewünschte Auskunft. Seit einer halben Stunde kurvte er mit seinem Auto durch Hannover. Seine Mitfahrerinnen redeten bei jedem Halt aufgeregt miteinander. Jo konnte ihre Sprache nicht verstehen, er wusste aber, dass die singhalesische Jahresfeier, die sie besuchen wollten, bereits vor einer Stunde angefangen hatte.

Beim Aussteigen vor einem großen, evangelischen Gemeindesaal entschuldigte sich Jo für seine Orientierungsfehler. Ein freundliches Lächeln war sein Lohn, dann begann bereits beim Eingang die herzlich fröhliche Begrüßung.

Der Gemeindesaal war festlich geschmückt. Girlanden, Statuen mit Elefanten, bunten Bildern von Sri Lanka und ein Stimmengewirr lagen über dem Gedränge der vielen Teilnehmer am Fest. Überall war eine Atmosphäre der Herzlichkeit und Freude zu spüren: Umarmungen, Schulterklopfen, Küsschen auf beide Wangen, dazu ein Redschwall, der erst endete, wenn der nächste Bekannte sich einmischte. Jo schüttelte Hände und beantwortete Fragen von Menschen, die ihn nicht kannten und er auch nicht. Am Anfang stellte Anusha Jo ihren Bekannten vor, unterließ es aber schnell, da sie von den Besuchern in verschiedene Richtungen geschoben wurden.

Jo erkannte an der rechten Seite des Saals ein riesiges Büfett, vor dem sich eine lange Schlange gebildet hatte. Er suchte deren Ende und reihte sich ein.

„Es ist nicht schlimm, dass wir zu spät gekommen sind".

Anusha stieß kurz zum wartenden Jo, „bis jetzt sind nur langweilige Reden gehalten worden".

Sie lächelt ihn kurz bezaubernd an, da wurde sie bereits von einer anderen Person in den Arm genommen und verschwand im Gedränge.

Jo fühlte sich sofort wohl. Egal, wen er zufällig oder bewusst in die Augen sah, sofort kam ein fröhliches und aufmunterndes Lächeln zurück. Obwohl bereits alle Plätze an den Tischen mit Essenden besetzt waren, bewegte sich die Schlange der Menschen zum Büfett kaum vorwärts. Jo wurde es langsam warm. Er hatte auf die Bitte von Anusha einen Anzug angezogen.

„Du musst gepflegt aussehen. Meine Bekannten achten sehr auf Kleidung", hatte sie ihn gebeten.

Jo war ihrem Wunsch gefolgt, verfluchte jetzt aber seinen Schlips und die viel zu warme Anzugjacke. Die stickige Luft in dem überfüllten Raum, dazu die Hitze der nahen heißen Gerichte, trieben Jo leichte Schweißperlen auf die Stirn. Trotzdem zog er seine Jacke nicht aus. Er würde beide Hände zum Auffüllen und Tragen der Speisen benötigen.

Kurz bevor Jo die aufgestapelten Teller und das Besteck erreichte, schoben sich Anuscha und ihre beiden Freundinnen zu ihm. Bei fast allen anderen Anstehenden geschah dasselbe. Jo erkannte, warum sich die Schlange der Wartenden so langsam vorwärts bewegt hatte.

Anusha stellte sich vor Jo und füllte seinen Teller mit Reis, Nudeln, Fisch, Erbsen, Hühnerkeulen und diversen anderen Speisen, die Jo nicht zuordnen konnte. Sie beachtete seine Proteste, er könne soviel nicht essen, nur mit einem Lächeln. Dabei wählte sie sorgsam die besten Stücke für Jo aus.

Danach steuerten sie vier leere Stühle an und schoben die vor ihnen abgelegten Taschen und Tücher, der hier vorher Sitzenden, einfach beiseite. Manchmal kamen die vor ihnen auf dem Stuhl sitzenden zurück und nahmen ihre Tasche mit. Sie wünschten lächelnd „guten Appetit" oder unterhielten sich mit ihnen über die Zubereitung, oder den Geschmack der Speisen.

Jo erinnerte sich an den Kinderspruch: „Aufgestanden, Platz vergangen". Hier wurde er freundlich umgesetzt. Das Essen war schmackhaft und scharf gewürzt. Nur die beißende Schärfe des Fisches zwangen sogar die Einheimischen, ihn mit Nudeln oder Reis zu mischen.

Neben ihnen wurde auf singhalesische Art gegessen. Alle Speisen wurden mit der Hand vermischt und mit ihr in den Mund gesteckt. Tief über den Teller gebeugt, aber sehr bedächtig, verschwanden die kleinen Portionen vom Teller.

Jo erfuhr, dass die ältere Freundin von Anusha einen deutschen Bundeswehr-Piloten geheiratet hatte. Die jüngere Freundin hatte ein sehr schönes, ebenmäßiges braunes Gesicht mit großen dunklen Augen und einen gut proportionierten Körper.

Die Musik wurde plötzlich abgeschaltet. Eine Frau kündigte ihre Tochter an. Anusha übersetzte es Jo.

„Es ist ein altes Lied von Krishna. Der Refrain lautet:

Komm Geheimnisvoller,
Nur ein Mal.
Aber komme.
Ich will dich lieben,
Nur ein Mal".

Ein etwa zehnjähriges Mädchen bewegte sich anmutig nach der Melodie eines alten Tempeltanzes fast ausschließlich auf den Zehenspitzen ihrer Füße. Dazu bewegte sie ihren Mund zur Stimme der Sängerin auf einer CD. Armbewegungen und Körperhaltung bewiesen, dass sie Balletterfahrung haben musste

Der Tanz dauerte sehr lange. Das Kind musste hart trainiert haben. Trotzdem war der Beifall eher verhalten. Indisches ‚Bollywood' war bei den Anwesenden nicht beliebt, oder die unkindliche Darstellung einer Zehnjährigen und deren unter Druck erzeugte Darbietung kamen beim Publikum nicht an.

Danach wurde ein volkstümlicher Sketch aufgeführt, den die Anwesenden begeistert begrüßten. Ein Mann verspricht seiner angebeteten Freundin, zu waschen, zu bügeln, die Hausarbeit zu erledigen und vieles mehr. Die Begehrte lehnt trotzdem ab. Da will der Mann sie mit Gewalt erobern. Er versucht, sie zu schlagen. Sie ist aber stärker als er und dreht ihm den Arm auf den Rücken. Unter dem Schmerzgeschrei des Mannes verlassen sie die Bühne. Frenetischer Jubel bricht bei den Zuschauern aus.

Für Jo war der Auftritt des Teufels am interessantesten. Der Darsteller trug eine riesige Maske mit roten, hervorquellenden Augen, verzerrten Gesichtszügen und runden großen, roten Ohren. Er musste ausschließlich nach Trommelschlägen tanzen. Seine Darbietung wurde aber laufend durch Fragen und Beschimpfungen der Zuschauer unterbrochen. Jedes Mal musste der Teufel antworten. Danach musste er unter den einsetzenden Trommelwirbeln weiter tanzen.

Anusha erklärte Jo, dass der Teufel sich auf die Vorwürfe der Zuschauer rechtfertigen musste. Ihm wurden alle Missgeschicke oder in der letzten Zeit erfahrenes Leid der Anwesenden zur Last gelegt. Zum Schluss konnte sich der Teufel kaum noch auf den Beinen halten. Er sank trotz der animierenden Trommeln auf die Knie und wurde von zwei Männern hinter die Bühne gebracht. Der Applaus war riesig.

Zwischen den Vorführungen spielte die eingetroffene Band alte Schlager und neue Hits. Es wurde getanzt. Stühle und Tische mussten an der Seite des Saals gestapelt werden. Der Andrang der Tanzwilligen war zu groß. Anusha und Jo mischten sich oft unter sie. Meistens tanzte Jo aber allein, da Anusha immer wieder in Gespräche mit anderen verwickelt wurde.

Schließlich zog sich Jo auf den Balkon des Gemeindehauses zurück. Hier konnte er rauchen. Es war kühl und er bewunderte ein Feuerwerk, das vom ‚Maschsee' herüber blitzte. Als Jo zurück in den Saal ging, überraschte ihn Anusha mit der Aussage, sie wolle nach Hause fahren. Jo hatte sich auf einen langen Abend eingestellt. Jetzt war es erst kurz nach Mitternacht. Die Stimmung war gut. Viele attraktive Frauen hatten ihn angelächelt und ein kurzes Gespräch mit ihm begonnen.

Es dauerte noch eine halbe Stunde, bis der Verabschiedungsreigen endete. Einladungen zu anderen Festen wurden übermittelt, Telefonnummern ausgetauscht und noch nicht getroffene Bekannte stürmisch begrüßt.

Anusha legte ihre Hand auf der Rückfahrt nach Bremen zärtlich auf Jos Oberschenkel. Sie erklärte ihm, wo er ihre Freundinnen absetzen sollte. Sie selber stieg als zweite aus und umarmte ihn. Jo küsste sie lange auf den Mund. Dann brachte er ihre jüngere Freundin zum beschriebenen Haus am Wall in Bremen.

Jo war zum vierten Mal in Venedig. Alle seine Frauen aus den geschiedenen Ehen hatten mit ihm diese Stadt besucht. Aber er erinnerte sich nur an ein Bild seiner zweiten Frau, die nackt im Fenster eines Hotels stand. Er trug es lange in seiner Brieftasche. Mit seiner dritten Frau hatte er einen Wucherpreis für sich und die Cousine seiner Frau, die frisch verliebt war, auf dem Markusplatz ausgegeben.

Jo liebte die lange Fahrt vom Bahnhof zur Lagune mit dem an jeder Haltestelle im ‚Canal Grande' stoppenden Schiffsbus. Er fand mit Anusha einen offenen Platz im Bug und genoss die Fahrt, die vorbei und unter den Sehenswürdigkeiten von Venedig führte.

An der Haltestelle ‚Markusplatz' stiegen sie aus und kämpften sich durch die Souvenirläden mit Kitschangeboten zum Dogenpalast. Anusha erlag den Angeboten und Jo setzte sich auf eine Bank. Er sah Anusha vier Mal an seiner Bank vorbeigehen und die Verkaufsstände aufmerksam beobachten. Dann stand er auf und lief ihr nach. Erleichtert nahm Anusha ihn in die Arme und küsste ihn.

„Ich dachte schon, du wärest weg. Habe dich nicht mehr gefunden", gestand sie, glücklich wieder bei ihm zu sein. Jo war gerührt über diese Aussage. Er war wichtig für sie. Anusha brauchte ihn. Jo konnte ihr in fremder Umgebung helfen.

Angespornt von dieser Erfahrung überredete er Anusha zum Lido von Venedig zu fahren. Sie gingen die lange Straße von der Anlegestelle der Schiffe zum Strand hinauf. Beide erfrischten sich mit einem Eis und gingen in dem warmen Wasser der Adria mit hochgekrempelten Hosenbeinen eine lange Strecke am Strand entlang. Auf der Rückfahrt zum Bahnhof von Venedig spürte Jo den Kopf von Anusha auf seiner Schulter. Sie war vor Erschöpfung eingeschlafen.

Jo opferte zum ersten Mal einen Termin mit seinem Sohn einer Frau. Er hatte Anusha über eine Woche nicht getroffen. Sie hatten zwar jeden Tag telefoniert, aber sich körperlich nie vereinigt.

Beide gingen zum Viertelfest in Bremen. Viele Verkaufsstände und Musikgruppen spielten. Bei Nieselregen entschlossen sie sich, in das Lokal ‚Casablanca' zu gehen. In ihrer Jugend waren beide oft hier, berichteten sie sich. Auch in der „Lila Eule", einer Kultstätte vor vielen Jahren. Für beide war es in jungen Jahren ein Standard, dort ihre Abende zu verbringen.

„Warum haben wir uns damals nie getroffen", fragte Anusha den gleichaltrigen Jo.

„Vielleicht haben wir uns getroffen, getanzt und gelacht", antwortete Jo.

Anusha fuhr mit Jo zu ihrer Freundin nach Bremen-Walle. Sie waren zum Essen eingeladen. Auch diese Freundin bewohnte eine typische Sozialwohnung der Bremer GEWOBA. Dieter und seine indische Freundin saßen auf der bunten Couch. Beide sprangen sofort auf und betonten, dass sie sofort gehen müssten.

„Wir haben noch eine Verabredung mit Freunden".

Sahira, die Freundin von Anusha, bestand aber darauf, dass Jo sich als Erstes ihren kleinen buddhistischen Tempel ansehen musste, der in ihrem Schlafzimmer stand. Eine Kerze in einem bunten Glas beleuchtete einen mit Ketten behängten, kleinen, bunten Elefantenbuddha. Daneben standen Bilder von Priestern und Personen, die Jo nicht kannte. Ein Bild von Sahira mit ihrem deutschen Mann stand am Rande ihres ‚Tempels'.

„Mein Mann ist vor fünf Jahren gestorben", erklärte sie Jo.

„Tut mir sehr leid", antwortete Jo, nicht begreifend, warum er sich das ansehen sollte.

Als sie in das Wohnzimmer zurückkehrten, waren Dieter und seine indische Freundin schon zum Gehen bereit. Dieter, der Exmann von Anusha und seine Freundin, die aussah, als wenn sie nur noch von Alkohol, Zigaretten und Drogen lebte; selten hatte Jo vorher ein Gesicht gesehen, dass nur aus dunklen Augenringen, erschlaffter Gesichtshaut und aufgeschwemmten Wangen bestand.

„Ich bin die Freundin von Anushas Ex", sagte sie überraschend freundlich zu Jo und reichte ihm zum Abschied ihre kleine, gepflegte Hand. Jo ergriff sie und drückte sie fest. Er war überrascht. Hatte er sie durch ihr Äußeres voreingenommen eingestuft?

„Ich komme wie Sahira aus Indien. Wir wohnten beide in der Nähe von Calcutta. Es ist schön ab und zu ‚Hindi', unsere Muttersprache, zu sprechen".

Nach dieser Erklärung eilte sie zu ihrem Freund, der bereits im Treppenhaus wartete.

Sahira reichte Anusha und Jo Tee und Zucker. Dazu gab es klebrige, weiße Bälle aus für Jo unbekannten Zutaten. Er probierte und war überrascht, wie gut sie schmeckten. Sie zerflossen wie Wasser auf der Zunge und hatten einen sehr angenehmen Nachgeschmack.

„Eine indische Spezialität", erläuterte Sahira.

Dann verschwand sie mit Anusha in der kleinen Kochnische ihrer Wohnung. Sie wollte ein Essen zubereiten. Anusha war sehr aggressiv zu ihrer Freundin. Sie forderte sie laut und bestimmt auf, sich endlich einen Kühlschrank zu kaufen. Jo kannte das Problem. Er hatte auch eine Wohnung bei der GEWOBA gemietet. Auch dort wurde in die Einbauküche kein Kühlschrank gestellt.

Zum Nachtisch wurden klein geschnittene Mangos und Melonenscheiben gereicht.

„Mein Mann war schon sechzig", Sahira wollte von ihrem Leben erzählen: „Ich war zwanzig Jahre jünger".

Sie räumte das Geschirr ab. Der Tisch war zu klein, um ihre Nachspeisen zu essen. Außerdem wollte sie neuen Tee servieren.

„Das ist doch heute nichts ungewöhnliches mehr", antwortete Jo aus eigener Erfahrung.

„Weißt du, ich komme aus einem Dorf in Indien. Dort wird nur aus Liebe geheiratet".

Sahira machte eine Pause, bevor sie weiter sprach, „fünfzehn Jahre waren wir verheiratet. Ich habe ihn sehr geliebt. Aber in der ganzen Zeit hat er mich mit einer deutschen Frau betrogen, die so alt wie er war".

„Ich habe meinen Mann wirklich sehr geliebt", wiederholte sie, „aber als seine Freundin mich besuchte, beschimpfte und aus Deutschland fortjagen wollte, begann ich an meinem Mann zu zweifeln".

Sahira schenkte Tee nach und holte süßes Gebäck aus der Kochnische.

„Ich habe ihm einen Sohn geboren", erzählte sie weiter, „danach kam er immer seltener zu mir. Nachbarn berichteten, dass er bei seiner Freundin leben würde. Aber ich habe ihn nie darauf angesprochen. Ich war sehr einfältig".

Eine Pause entstand, in der Anusha aufstand und begann in der Kochnische abzuwaschen. Sie kannte die Lebensgeschichte ihrer Freundin.

„Mein Mann konnte sehr gut Klavier spielen. Er ist sogar bei ‚Kutscher Behrens' in Lilienthal aufgetreten".

Stolz klang in ihrer Stimme. Jo unterdrückte seinen Einwand, dass es sich bei diesem Lokal nur um einen Tanzschuppen für ältere Menschen handelte. Er sagte nichts.

„Seine deutsche Freundin war immer bei ihm. Ich hatte keine Chance. Dann kam das Jugendamt und nahm mir meinen Sohn weg. Er sollte bei seinem Vater und seiner Freundin ein besseres Leben haben".

„Ich hatte Angst, Deutschland verlassen zu müssen, die Freundin meines Mannes hatte es mir oft angedroht".

„Ich unterschrieb meinem Mann alles, was er wollte. Ich war doch glücklich, wenn er mich besuchte".

Anusha mischte sich ein, „klar, er hat dich ausgenutzt, weil er ein Kind haben wollte, dass seine unfruchtbare, alte deutsche Freundin ihm nicht mehr geben konnte".

Sahira sah Anusha nachdenklich an.

„Kann sein, aber er war die Liebe meines Lebens. Als er starb, habe ich lange um ihn geweint".

„Und was ist aus deinem Sohn geworden", fragte Jo nach der folgenden Gesprächspause.

„Er ist nach dem Tod seines Vaters nach Indien gezogen. Ich habe keinen Kontakt mehr zu ihm. Er lehnt mich ab".

Ein betretendes Schweigen folgte. Anusha lockerte es auf.

„Du warst einfach nur blöd", entschied sie über den Lebensweg ihrer Freundin, „naiv und dumm. Wie konntest du dich in diesen alten Sack verlieben?".

Später zeigte Sahira ihren Flohmarktschmuck, von dessen Erlösen sie ihre HartzIV Einschränkungen zu einem erträglichen, menschenwürdigen Dasein gestalten konnte.

„Echter Singapur-Schmuck", berichtete sie stolz. „Ab zehn Euro bei mir zu kaufen. Du glaubst nicht, wie gerne die Menschen das nehmen".

Peter

„Hier bleibe ich bestimmt eine Woche", Peter saß mit Jo auf der kleinen Terrasse von Anushas Tochter in Wolfsburg:

„Hier ist es schön. Ich komme endlich mal raus aus meiner Umgebung in Bremen".

„Würde ich auch tun", erwiderte Jo und nahm sich die von Peter selbst gedrehte Zigarette.

„Ich muss aber langsam arbeiten", erläuterte Peter sein Vorhaben, „die wenigen Elektroinstallationen könnte ich auch in zwei Tagen schaffen".

Peter war als Alkoholiker verschrien. Aber er war ein Fachmann für Stromleitungen in alten Häusern. Anushas Tochter und Mann hatten im Selbstbau mit Freunden ein Haus errichtet.

Aber die Elektroinstallation eines Freundes war ein Fehlschlag.

Anusha hatte Peter gebeten, alles zu überprüfen und neu zu machen. Peter war ein Mieter von ihr, der einige Schulden zu begleichen hatte. Er bezog Hartz IV und lebte im Nimbus des Alkoholikers.

„Weißt du", gestand Peter dem neben ihm sitzenden Jo, „eigentlich mag ich morgens gar kein Bier. Ich trinke es nur, weil alle es mir anbieten. Selbst deine Freundin hat heute Morgen bei der Abfahrt in Bremen einen Kasten Bier in deinen Kofferraum gestellt. Habe ich ganz genau gesehen".

Peter grinste.

„Vielleicht bin ich wirklich ein Alko. Aber gute Arbeit kann ich immer noch machen".

Der Mann der Tochter Anushas brachte eine geöffnete Flache Becks und einen Tee für Jo auf die Terrasse.

„Wir sollten uns mal die Steckdosen anschauen, die keinen Strom haben", sagte er zu Peter.

„Ja, komme gleich. Muss nur noch meine Zigarette aufrauchen".

Und zu Jo gewandt, fuhr er fort, „ich habe lange als Fernsehmonteur im Außendienst gearbeitet. Dann hat mich meine Frau verlassen und ist mit meinem Sohn nach Hannover gezogen. Hat mich gebrochen. Habe nie wieder Kontakt mit ihnen haben wollen. Na du weißt, wie das geht: Job verloren, kein Geld und keine Hoffnung. Deine Freundin hat mir geholfen, so einigermaßen am Leben zu bleiben. Versorge jetzt meine Nachbarin. Hängt voll an der Droge und isst nichts mehr. Päppele sie langsam hoch. Ich kann ganz gut kochen".

Damit drückte er seine Zigarette aus und ging zum Besitzer des Hauses, um sich seine Aufgaben für die nächsten Tage beschreiben zu lassen.

„**Me**ine Tochter war sehr zufrieden mit Peter". Jo hatte gefragt, wie es denn in Wolfsburg gelaufen sei.

„Er war sehr langsam und wäre dort gerne länger geblieben. Aber meine Tochter konnte ihn nicht mehr ertragen. Das ganze Haus roch schon nach ihm. Peter wäscht sich nicht".

Peter liebte seine Welt. Er legte sie sich selbstgefällig zurecht.

„Warum soll ich mich waschen, keinen Alkohol trinken und nicht stehend ins Klo pinkeln?", fragte er.

„Mein Leben war schön", ergänzte er, die nächste Flasche Becks trinkend, „ich habe einen Sohn gezeugt. Das ist Glück! Verstehst du, kein Mädchen, das wie alle Frauen herrschen und bestimmen will".

Er sah sich fragend um. Niemand interessierte sich für ihn. Er war es gewohnt, sprach einfach weiter, „Frauen wollen endlich so herrschen, wie Männer es getan haben. Wie blöde sie sind, haben die Vergangenheit der Männer nicht verstanden. Die Reichen, also Fürsten, Könige und Päpste, wollten ihre Macht ständig vergrößern. Ihre Untertanen mussten für sie arbeiten, kämpfen und töten. Letztlich starben alle. Das ist der Trost".

Rosa gab ihm ein Flensburger Bier. Es war preiswerter. Sie wusste, dass er nicht bezahlen konnte.

Peter nahm einen langen Schluck aus der Flasche und tröstete sich weiter, „Ich pisse immer im Stehen, kann mein Klo selber putzen, brauche dafür keine Frau, die mich wie ein Kind erziehen will".

Er grinste breit, gab lachende Stoßlaute und schaute sich um. Niemand saß in seiner Nähe, den er anschwatzen konnte. Selbst Rosa stand am anderen Ende der Theke und sprach mit einem Gast.

„Na, dann trinke ich mein Bier alleine", nuschelte er, „aber Frauen sind anders als Männer". Seine Stimme wurde verständlicher, „dabei muss es heißen ‚Männer sind anders als Frauen'". Sein Geistesblitz gefiel ihm, er lachte laut auf. Er war zufrieden, sein Geist funktionierte selbst mit Alkohol. Glücklich wollte er sich auf die Schulter klopfen, verfehlte sie und fiel vom Barhocker.

Joy

Joy war eine der attraktivsten Studentinnen, die Jo in seinen Vorlesungen erlebte. Sie Bestand ihren „Master" mit der Note „sehr gut". Ihre Heimat war in Afrika. Aber bevor sie nach Deutschland kam, hatte sie einige Jahre in England gelebt. Ihre tiefe, rauchige Stimme mit dem nuschelnden englischen Akzent unterstrich ihren positiven Eindruck bei den Prüfern.

Joy war selbstbewusst und bei ihren Kommilitonen sehr beliebt. Sie lachte viel und herzlich. Wo sie erschien, verbreitete sie gute Laune.

Sie musste Mitte zwanzig sein. Ihre Haut war tief dunkel. Ein kleines Gesicht mit vollem Mund und großen, meist lachenden Augen, sowie einer niedliche Nase blieben in Jos Erinnerung.

Bei der „Verteidigung" ihrer Masterarbeit in einem kleinen Raum der Universität wirkte sie ruhig und entspannt. Nach ihrer Präsentation beantwortete sie alle Fragen von Jo und seinem Kollegen ausführlich und richtig. Lediglich bei der Diskussion über die globalen Auswirkungen des Tourismus in Naturschutzgebieten erkannte Jo Schweißperlen auf ihrer Stirn, die sie mit einer anmutigen Handbewegung beseitigte.

„Heute ist es sehr warm", unterbrach er die Prüfung, „ich öffne das Fenster".

Er erhielt ein Lächeln, dass ihm seine Sachlichkeit raubte, „gut, verlassen sie bitte den Raum. Wir werden über ihre Masterprüfung beraten". Jos Kollege, ein älterer Professor, sah ihn überrascht an.

Joy ging in den schmalen Flur und wurde von Freundinnen erwartungsvoll mit Fragen überhäuft. Sie antwortete nicht, lehnte sich erschöpft an eine Wand.

Wenige Minuten später bat Jo sie zurück in den Prüfungsraum. Joy erwartete ein negatives Ergebnis. Seit Monaten hatte sie keine Nachrichten gehört oder aktuelle Tageszeitungen gelesen. Sie verglich ihre bibliografischen Ergebnisse mit ihren Recherchen, saß vor ihrem PC, erkannte Fehler bei ihrer Vorbereitung und versuchte sie zu kaschieren.

Dann kamen Fragen zur aktuellen globalen Situation. Sie kannte sie nicht.

„Sie haben die Prüfung abgebrochen", dachte sie, „weil meine Antworten dumm waren".

„Setzen sie sich bitte", hörte sie Jo sagen.

„Na klar", dachte sie, „schlechte Nachrichten soll man im Sitzen hören".

Tränen der Enttäuschung sammelten sich in ihren Augen.

„Ihre Masterarbeit wurde von uns mit ‚sehr gut' bewertet", hörte sie eine Stimme sagen, „und ihre überzeugende wissenschaftlich begründete Argumentation bei deren Verteidigung mit „Auszeichnung".

Die Stimme schwieg. Joy erwartete einen Nachsatz mit „Aber". Stille herrschte im Prüfungsraum.

„Freuen sie sich nicht?".

Joy begriff plötzlich. Ihre Tränen strömten. Sie tanzte durch den Raum, küsste Jo auf beide Wangen und schrie in ihrer Heimatsprache „Gracias, Dios te recompensaránke (Gott wird es dir vergelten)".

Fast hätte sie Jo auf den Mund geküsst, sie besann sich, nahm seine rechte Hand und berührte sie zart mit ihren Lippen. Jubelnd rannte sie zu ihren Freundinnen.

Jo genoss seine erste Nacht mit Anusha Er erlebte, wie sie gelenkig und phantasievoll unter der Dusche sein konnte. Sofort entschloss er sich, sein Leben neu zu ordnen.

Am nächsten Morgen rief er Joy an, vereinbarte einen Termin am selben Tag, damit er ihr mitteilen konnte, dass er ihre Beziehung beenden wollte.

Aber es war nicht sein Tag. Er fand keinen Parkplatz am Studentenheim. Zwängte seinen Kleinwagen an den Rand der Ausfahrt einer Garage, und hoffte, dass er kein Strafmandat erhielt.

„Bin sofort zurück", dachte er, „sage ihr nur, dass ich mich in eine Gleichaltrige verliebt habe, und wir Freunde bleiben können".

„Hier dürfen sie aber nicht stehen bleiben". Eine barsche Stimme erklang hinter Jo, „oder wollen sie mir dreißig Euro geben, bevor ich ihr Auto abschleppen lasse?".

Jo drehte sich um und sah in das grinsende Gesicht eines jungen Polizisten.

„Entschuldigen sie, ich bin nur ganz kurz hier".

Der Polizist antwortete nicht, sah Jo nur in die Augen.

„OK, Ich fahre mein Auto fort".

„Sehr vernünftig", grinste der Beamte.

Jo fuhr zwei Mal um den Block, bevor er in einer weit entfernten Seitenstraße eine Parkmöglichkeit fand. Er suchte vergeblich nach seinem Schirm, da es wie üblich in Bremen im November regnete. Fluchend rannte er zum Studentenheim.

„Schön, dass du mich besuchst". Joy strahlte ihn mir ihren großen Augen an.

„Komm herein. Willst du ein Glas Wasser oder lieber Tee?".

„Lieber einen Tee", antwortete Jo, „bin etwas feucht geworden".

Joy verschwand in der Kochnische ihrer kleinen Wohnung. Jo bemerkte, dass ihr Zimmer wie üblich, akribisch aufgeräumt und ordentlich aussah.

„Sie ist eine Pedantin", überlegte er.

„Bestimmt rennt sie jeden Tag mit einem Winkelmesser durch ihre Wohnung, um die gerade vom letzten Staubkorn entfernte Vase oder Tasse an ihren richtigen Platz zu ordnen".

Jo steigerte sich in seinen Vorsatz, ihr nur noch seine Freundschaft anbieten zu können.

Joy servierte Tee mit Zitronenscheiben. Zucker brauchte sie nicht auftragen. Sie wusste, dass Jo keinen Zucker zu ihrem grünen Tee nahm.

„Geht es dir gut?", fragte sie lächelnd.

„Ja, mir geht es sehr gut, aber …", Jo beendete seinen Satz abrupt. Er sah, wie Joy ihren engen Pullover nach oben zog. Dabei drehte sie Jo ihren tiefbraunen Rücken zu. Sie legte das Kleidungsstück sorgsam zusammen. Jo erkannte ihre Nacktheit. Aber er sah nur den schlanken Rücken.

Langsam, die Hüfte schwingend, rutschte ihr Rock herunter. Lächelnd drehte sie sich um.

„Nimm dir bitte Zitrone in deinen Tee. Das schützt vor Erkältungen".

Jo hörte ihre tiefe Stimme mit dem englischen Akzent.

Er sah, wie sie ihre hochgebundenen langen schwarzen Haare öffnete. Dann schüttelte sie ihren kleinen, niedlichen Kopf, um die Haare zu ordnen. Sie waren hüftlang.

Jo starrte sie an, als ob er zum ersten Mal eine nackte Frau sah. An Joys schlanken Körper konnte er nur Begehrlichkeiten entdecken. Ihre sehr schmale Taille betonte ihre üppigen Brüste. Er sah die geliebten, tief schwarzen „Kaffeebohnen" groß und fest herausragen. Über ihren langen schmalen Hals erblickte er ein lachendes Gesicht mit leicht geschminkten, breiten, roten Lippen, eine niedliche Nase und braune Augen, die ihn amüsiert anblickten.

„Na genug gestarrt", Joy lachte ihn unbekümmert aus.

„Macht drei Euro fünfzig. Oder wünschen der Herr mehr zu zahlen".

Sie wartete auf eine Antwort von Jo. Als diese nicht kam, sagte sie ernst, „hey, Jo, was ist los? Wir kennen uns fast zwei Jahre."

Verlegen griff Jo seine Teetasse und verbrannte sich den Mund.

„Gestern ist mir eingefallen", Joy lehnte sich bei diesen Worten an Jo, „wir kennen uns nächste Woche genau zwei Jahre".

„Weißt du noch, wie aufgeregt du bei meinem ersten Besuch bei dir warst?". Joy kicherte wie über einen guten Witz.

Jo erinnerte sich sofort. Er hatte vor ihrer Ankunft drei Mal geduscht und sich die Zähne geputzt. Er wusste nicht, ob sie sich näher kommen würden, aber die Vorstellung, dass es sein könnte, trieb seinen Puls in die Höhe.

„Wie schnell die Zeit vergeht", antwortete er blöde. Dann wachte er auf und fuhr fort, „unseren Jahrestag müssen wir unbedingt feiern".

Dabei versuchte er fieberhaft, sich zu erinnern, an welchem Datum dieser war.

„Selbstverständlich", Joy strahlte Fröhlichkeit aus, „aber wir feiern wie vor zwei Jahren, derselbe gute, italienische Rotwein, die Kerzen und meine Musik-CD".

Sie lachte ausgelassen.

„Und ich verführen dich, OK?".

Jo merkte, wie Joy ihren Körper enger an ihn lehnte. Er spürte ihre Hand in seinem Nacken, die erst zart streichelte und dann leicht massierte. Sie hatte nicht vergessen, wie sie ihn vor fast zwei Jahren verführt hatte. Diesem Kribbeln in seinem Körper konnte Jo nicht widerstehen.

Später, Joy hatte frischen Tee zubereitet, saßen sie auf ihrer alten, schrecklich gemusterten, aber bequemen Couch. Sie tranken den grünen Tee. Entspannt, zufrieden und Jo war glücklich. Ihm fiel ein, warum er gekommen war. Doch er hatte den Wunsch, die Beziehung mit Joy zu beenden, aufgegeben. Im Gegenteil, er überlegte, ob er wirklich eine längere Chance bei Joy haben könnte. Aber als über sechzigjähriger Mann würde er einer Dreißigjährigen bestimmt nicht genügen.

„Jo, liest du manchmal die so genannte ‚Regenbogenpresse'?", Joy lehnte ihren noch warmen Körper zärtlich an ihren Liebhaber, „es gibt viele, sehr gute Beziehungen zwischen jungen Frauen und älteren Männern".

„Aber diese Männer sind reich", antwortete Jo automatisch. Dabei suchte er eine Antwort auf seine Eingebung, sie könne seine Gedanken lesen.

„Kein Problem!". Joy war nicht zu bremsen, „du bist der, von dem ich Kinder will. Schöne Kinder". Sie lachte glücklich.

„Gibst du mir einen Schlüssel zu deiner Wohnung?", Joy sah mit ihren großen, dunkelbraunen Augen auf Jo herab. Sie hatte ihren Kopf mit den langen, gekräuselten, schwarzen Haaren von seiner Schulter gehoben.

Jo antworte nicht.

Joy warf ihre Haare nach hinten, bevor sie ihren Kopf wieder auf Jos Schulter legte. Sehr bewusst schmiegte sie ihren Körper an Jo. Dabei achtete sie darauf, dass er sie intensiv spürte. Besonders ihre jugendlichen Brüste. Sie war stolz darauf, mit dreißig Jahren einen Busen zu haben, wie eine Achtzehnjährige. Voll, gerade, voluminös und empfindlich schätze sie diesen Körperteil von sich ein.

„Schade", dachte sie, „er ist doch nicht der Richtige für mich, sonst hätte er ‚gerne' gesagt".

„Gerne", antworte Jo und schob ein Bein zwischen ihre, „kann aber ein paar Tage dauern, da es Sicherheitsschlüssel der GEWOBA sind, die nicht kopiert werden können".

„Wieso hatte er ‚gerne' gesagt", durchfuhr es Jo, „er hätte doch ‚Ja' oder ‚Selbstverständlich' sagen können".

Joy glaubte an Übereinstimmungen der Sprache, deren Erwartung und Erfüllung. Sie war in einem sozialistischen Staat katholisch erzogen worden. Verdummendes Mythos und reale Erlebniswelt prallten in ihrer Erziehung aufeinander. Sie konnte in Ruhe ihre eigene Mystik entwickeln.

„Wenn du dasselbe denkst, was dein Freund dir sagt, oder ihr gleichzeitig dasselbe sagt, und weißt, was er sagen wird", sagte die alte Frau, die immer die Wahrheit voraussah, „dann wirst du dein Glück finden".

Joy erhob sich und griff nach ihrem Weinglas, „ich will auf uns trinken!".

„Gute Idee", kam als Antwort. Jo griff nach seinem Glas, wurde aber zurückgehalten.

„Nein, nach meiner Sitte", entschied Joy. Sie nahm einen Schluck aus ihrem Glas und küsste Jo. Dabei tröpfelte sie langsam den Wein in seinen Mund. Kein Tropfen ging verloren. Dann gab sie ihm ihr Weinglas zum Trinken und er musste das Ritual bei ihr wiederholen. Auch dieses Mal wurde kein Tropfen verschwendet.

„So muss es sein", sagte Joy, „in drei Monaten werde ich bei dir einziehen!".

Sie sah Jo an, der ihr zulächelte. Joy war glücklich.

Joy bemerkte, wie wichtig sie für Jo war. Eine unerwartete Zuneigung durchfuhr sie. Noch nie war jemand so nett, fast selbstlos zu ihr gewesen. Ihr deutschen Freunde und ihr Mann hatten nur ihren Körper gewollt. Danach rauchten sie, wollten bedient werden und von ihren unwichtigen Problemen reden.

Als ihr Mann begann, sie tagsüber einzuschließen, weil er vor Eifersucht krank war, stieg sie nachts aus dem Fenster und rannte zum Bremer Frauenhaus. Dort wurde ihr geholfen, sich von ihrem Mann zu trennen.

Trotzdem reagierte Joy, wie sie es in Deutschland gelernt hatte. Sie massierte Jo. Zu ihrer Überraschung entwand sich Jo nach wenigen Augenblicken ihren Händen, obwohl sein Körper anderes erwarten ließ.

„Joy, entschuldige bitte, ich bin fast vierzig Jahre älter als du. Ich brauche Zuneigung und das Gefühl, geliebt zu werden".

Joy wich zurück.

„Kein Problem", sagte sie automatisch.

„Was ist los?", dachte sie, „war ich zu grob, oder mag er es lieber unterwürfig?".

Sie lehnte sich zurück, dehnte ihren nackten Körper und sagte, „alles echt. Kein Silicon. So bin ich!".

Erfreut spürte sie, wie Jo ihre Brustwarzen küsste. Dann spürte sie seinen Mund an ihrem Bauchnabel und langsam seine Küsse bis zu ihren Zehen. Sie genoss ihre erwachende Erregung.

Später schnipste sie mit ihren Fingern, stöhnte mit geschlossenen Augen und entspannte sich. Sie genoss es, nicht wieder aktiv werden zu müssen. Jo küsste sie zärtlich und erregend. Instinktiv bot sie sich ihm an, war aber glücklich, dass er nicht darauf einging.

„Du bist sehr zärtlich", sagte sie.

Sie spürte, wie er ihre Stirn massierte und den Nacken küsste. Sie schmiegte sich an ihn, als er bei ihren Ohrläppchen angekommen war.

„Ich glaube es nicht", berichtete Joy ihrer Freundin am nächsten Morgen, „finde ich in Deutschland doch noch das Glück, von denen so viele in meiner Heimat sprechen?".

Ihre Freundin schwieg.

Joy ergänzte, „ich habe einen dritten Test gemacht. Ein kleines ‚tic tac' mehrfach beim Küssen ausgetauscht. Es hat geklappt, keiner von uns hat den kleinen Bonbon verloren oder geschluckt!".

„Ich wünsche dir das Beste mit ihm", Joys Freundin war skeptisch. Sie hatte selbst und bei vielen Freundinnen das Ende von Träumen erlebt.

„Er ist wirklich anders", erwiderte Joy. Sie glaubte an ihr Omen.

Im Einkaufszentrum „Berliner-Freiheit" in Bremen schlenderten die Kauflustigen und Auslageninteressierten die lange Ladenpassage entlang. Auch Joy und Jo waren darunter. Sie ernteten erstaunte, erfreute, aber auch abweisende Blicke einiger Passanten.

Eine ältere Frau lächelte Jo verschmitzt an. Jo versuchte freundlich zurück zu grinsen.

„Bestimmt denkt sie, dass ich mit meiner negroiden Nichte einkaufen gehe", dachte er.

Das folgende Ehepaar blickte ihn ablehnend an. Der Mann schüttelte den Kopf und sagte laut, kaum war er an Jo vorbei gegangen, „dass sich der alte Knacker nicht schämt! In aller Öffentlichkeit mit diesem Negerflittchen Hand in Hand zu gehen".

Jo fuhr herum. Aber Joy hielt ihn fest an der Hand und riss ihn zurück.

„Achte nicht darauf", sagte sie laut zu Jo, „entweder ist er neidisch oder dumm".

Im Geschäft, das Joy aufsuchte, um sich umständlich einen Lippenstift zu kaufen, hielt sie Jos Hand fest. Sie bemerkte zwar, dass er seine Hand von ihrer lösen wollte, ließ es aber nicht zu. Dann spürte sie, dass Jo unruhig und unlustig wurde, weil sie sich nicht entscheiden konnte. Sie versuchte Jo in ihren Entscheidungsprozess einzubeziehen.

„Soll ich den zartrosa oder besser den dunkelroten Lippenstift nehmen?", fragte sie.

Jo sah sie an. Er griff in das Regal - willkürlich, wie sie dachte – und gab ihr ein „High Shine Lipgloss".

„Das steht dir bestimmt wunderbar. Es betont deine schönen, vollen Lippen".

Überrascht stellte Joy fest, dass Jo eine gute Wahl getroffen hatte. Sie küsste ihn lange. Das war Jo peinlich. Er genoss ihren Kuss nicht, fühlte sich beobachtet. Aber er spürte instinktiv, ihre Liebesbotschaft war ehrlich.

Jo fühlte sich als Mann und akzeptiert. Er küsste sie bis sie sagte, „hör auf, ich spüre dein Glied zu intensiv".

Jo genoss diesen Moment. Er küsste ihren langen dunkelbraunen Hals, seine Erregung explodierte.

Die Hände fest verhakt gingen sie zurück zu Jos Wohnung in der Vahr. In der Nacht wurde Jo von einem erregenden, zärtlichen Kratzen geweckt.

„Jo, ich habe schrecklichen Hunger!".

Müde richtete sich Jo langsam auf. Es war drei Uhr nachts.

„Möchtest Du Fisch mit Reis?".

„Bitte nur Fisch".

Jo kämpfte sich aus der warmen Bettdecke und stolperte schlaftrunken in seine Küche. Backfisch von IGLO war sein letzter Essenbestand. Er stellte die Alu-Schale in den Backofen und eilte zurück in das warme Bett.

Joy schrie auf, „igitt, bist du kalt!".

Dann besann sie sich und wärmte seine Füße mit ihren. Vollständig erwachend tauschten sie Zärtlichkeiten aus bis Joy rief, „da brennt was an!".

Jo sprang aus dem Bett und rannte zum Herd. Er riss die Alu-Schale aus dem Ofen und füllte vorsichtig den oberen Teil des Fisches auf einen Teller.

„Der schmeckt ja herrlich". Joy war begeistert. „Probiere doch mal!".

Jo nahm widerwillig einen kleinen Happen von ihrer Gabel. Er war überzeugt, dass der Fisch angebrannt schmeckte.

„Ja, der ist richtig lecker", entfuhr es ihm überrascht, „das habe ich nicht erwartet".

„Siehst du, Frauen sind klüger als Männer".

Sie nahm Jo in die Arme, als er den Teller zurück in die Küche getragen hatte.

„Frauen wissen intuitiv, ob etwas gut oder schlecht ist. Männer können das nicht. Sie glauben nur, was sie sehen. Männer werfen weg, was ihnen schlecht erscheint. Frauen unterscheiden, ob etwas schlecht ist, oder noch zu retten. Sie versuchen, so viel wie möglich zu erhalten.".

Jo fühlte sich ertappt. Joy bemerkte es sofort an seiner körperlichen Reaktion. Sie lachte mit ihrer tiefen Stimme schelmisch, „bemerkst du, wir Frauen erreichen deshalb auch mehr als ihr Männer".

„Nicht immer, manchmal siegen die Männer", versuchte Jo sein Image zu retten.

Joy reagierte nicht auf seine Aussage. Sie kniete sich auf das Bett, stütze ihre Arme auf ihre Knie und legte den gesenkten Kopf auf ihre Hände.

„Ich will beten", sagte sie.

Jo lag überrascht neben ihr. Viel Zeit verstrich, bevor sie sich wieder fest an ihn schmiegte. Nach wenigen Minuten war sie eingeschlafen.

Joy wusch sich die Hände, als sie ihre Wohnung betrat. Dann räumte sie ihre kleine Tasche aus und sortierte den Inhalt in den Wäschekorb im Badezimmer und ging in die Küche. Sie bereitete sich einen grünen Tee. Dabei dachte sie an die letzte Nacht mit Jo.

„Er hat anders reagiert, als ich ihm sagte, ‚vor dem Einschlafen bete ich'", dachte sie.

Joy hatte erfreut bemerkt, dass er sich sofort zurückzog. Still wartete er, bis sie ihr Gebet beendete. Kein amüsiertes Weiterreden, kein ungläubiges Lachen und kein dummes Gelaber über Glauben entstanden. Still und abwartend hatte er neben ihr gelegen.

Ihr fiel ein, welche Reaktionen sie bei ihrem Glaubensbekenntnis bei Freunden und Bekannten erlebt hatte.

„Spinnst du?", war die häufigste Reaktion.

Sie versuchte, sich zu verteidigen:

„Aber Gott und die Jungfrau Maria haben so viel für mich getan. Ich muss ihnen dafür danken".

Gelächter war noch die mildeste Reaktion bei vielen gewesen.

Es war auch zwecklos, über ihre Zweifel an der verkündenden Instanz ihres Glaubens zu reden. Es interessierte keinen.

Jo hatte ihr zugehört, als sie sagte, „schau nicht zurück. Dein Leben ist kurz, genieße die Zukunft".

Sie erinnerte sich, dass sie Jo gefragt hatte, ob er das „Neue Testament" kennen würde. Er hatte unsicher reagiert.

„Sorge dich nicht um deine Zukunft", zitierte Joy sehr frei nach der Bibel, „wie die Vögel jeden Tag ihr Korn finden, wird auch Gott für dich sorgen".

Dann fiel ihr ein, dass Jo ihre nackten Brüste angestarrt hatte. Das gefiel ihr nicht. Sie wollte über sich reden. Aber es schlich sich auch ein Gefühl ein, dass ihr Selbstbewusstsein gab. Sie war jung und ihr Körper war schön. Sie sagte, „jemand hat gesagt, dass mein Körper makellos ist, keine Pickel, Mitesser oder sonstige Hautverunreinigung".

Sie erinnerte sich, wie Jo zusammen zuckte. Deshalb berichtete sie weiter.

„Ich habe schreckliche Jahre erlebt. Mein Mann war drogenabhängig. Wir hatten nie Geld. Dafür gab er mir Schläge und Hunger, während er rauchte".

Jo hatte daraufhin geschwiegen.

Später, als sie ihren Tee trank, fiel ihr noch ein, dass Jo gesagt hatte, „ich war früher katholisch, sogar Messdiener. Aber ich kann nur noch beten, wenn ich Angst habe".

Sie konnte das nicht begreifen. In ihrem Gebet war sein Name gefallen. Aber es war nur Zuversicht in ihrem Gebet, keine Angst. Wovor auch?

Jo hatte einen anstrengenden Tag erlebt, Austräger für Prospekte suchen, sie einstellen, die Unterschriften ihrer Eltern einfordern und überzeugen, dass sie Aufenthaltsgenehmigungen und Lohnsteuerbescheinigungen besorgen mussten. Das alles für einen Job, bei dem sie weniger als drei Euro pro Stunde erhielten.

Er duschte ausgiebig, während Joy den Fernseher anschaltete, um das Spiel ihres Fußballvereins „Werder Bremen" ansehen zu können.

„Ich bin eine Werderfrau", betonte sie, als Jo aus dem Bad zurückkam.

„Willst du Tee oder Wein zum Spiel", fragte Jo.

„Selbstverständlich Alkohol, also Wein!"

Jo gab ihr sein letztes Glas Wein. Mehr Alkohol hatte er nicht.

Joy trank es sofort aus.

„Hast du noch mehr?", fragte sie.

„Ich kann zur ‚Tanke' fahren", lenkte Jo ein. Er wollte, dass sie sich bei ihm wohl fühlte.

Joy war sensibel. Sie wollte nicht wegen einem Glas Wein ihre Errungenschaft aufs Spiel setzen.

„Nein, bleibe bei mir".

Jo stand trotzdem auf und klingelte bei seiner Nachbarin. Er sah ihr Auge im Türspion.

Kurz darauf öffnete sie ihre Tür mit einer Flasche Rotwein in der Hand.

„Ihr Besuch sollte seinen Wein mitbringen", sagte sie laut und lächelnd, „bitte klingeln sie wieder bei mir. Ich freue mich sehr, wenn jemand mich besucht".

Jo nahm sich wieder vor, sie mit einem Blumenstrauß zu besuchen. Seine Nachbarin war geschätzte neunzig Jahre alt. Jo erlebte nie, dass sie Besuch bekam.

Am nächsten Morgen schlief Jo lange. Erst gegen neun Uhr bereitete er sich sein Frühstück. Er toastete sich Brot, auf das er ausgebratenen Speck mit einem Spiegelei legte. Dazu bitterer Kaffee.

„Anusha hat die typische, breite Nase einer Singhalesin. Ihre schwarz gefärbten Haare, an deren Ansatz zu sehen ist, dass sie schon weiß sind, lassen sie jünger erscheinen. Sie hat aber trotz ihres Alters einen schönen Körper".

Bei diesen Gedanken schenkte er sich die zweite Tasse Kaffee ein.

„Vorgestern hat Nara angerufen", sinnierte er, „Nara hat lange, glatte, schwarze, natürliche Haare. Manchmal mit leichten roten Strähnen betont. Ihre Augen sind tief braun, fast dunkel, wie ihre Pupillen, wenn sie erregt sind".

Jo schob seinen USB-Stick wieder in das Radio. Er hörte sich das Lied „Ochie chernye" an. Jo träumte von Naras dunklen Augen.

„**M**eine Kinder sind mit ihrer Mutter in Dänemark" antwortete Jo seiner Nachbarin, die neugierig wissen wollte, warum ihn seine Kinder nicht mehr besuchen würden. Dass auch der neue Lebenspartner seiner Frau mitgefahren war, erzählte Jo nicht. Er nahm aber an, das wusste sie bereits.

Ein Handy spielte eine eigentümliche Melodie. Plötzlich erkannte Jo das Kinderlied vom „Haselhörnchen und dem Jammerlappen".

„Das lustigste Lied der Welt", hatten seine Kinder ihm lachend erzählt, „du musst es dir anhören". Jo lehnte freundlich ab und sträubte sich spielerisch gegen ihren körperlichen

Zwang beim Eindrücken der Kopfhörer in seine Ohren. Natürlich siegten die Kinder und Jo ertrug unter ständigem Stöhnen und Augenverdrehungen das Lied.

„Oh, entschuldigen Sie, das ist ja mein Handy", verabschiedete sich Jo schnell von seiner Nachbarin, noch ihren verwunderten Blick bemerkend.

„Da wollten mir die Kinder noch einen Streich spielen", dachte Jo erfreut.

Auf dem Display des Handys erschien keine Telefonnummer. Jo nahm das Gespräch trotzdem an.

„Hallo", eine frauliche, tiefe, leise Stimme sagte, „ich bin es, Nara. Wie geht es dir?"

Jo rannte schnell in seine Küche. Hier war der Handyempfang am Besten.

„Nara! Ich freue mich sehr, dich zu hören. Wie geht es dir? Was machst du?". Jo sprach zu schnell.

„Ich bin bei meinen Eltern in Kirgisistan. Meine Freundin ist auch hier. Du kennst sie ja".

Jo genoss ihre ruhige Art zu sprechen.

„Jo, bitte sei nicht böse, aber ich muss dich etwas fragen".

„Warum sollte ich böse werden?"

„Sag einfach ‚Nein', wenn du es nicht willst oder kannst".

„Nun sage doch bitte, was du fragen willst", Jo wurde langsam ungeduldig.

„Entschuldige vielmals, aber kannst du mir Geld leihen?".

„Wie viel brauchst du denn?". Jo war knapp in diesem Monat, rechnete aber schon fieberhaft, welche Summe er akzeptieren konnte.

„Einhundert, wenn es geht. Entschuldige bitte". Nara sprach noch leiser als üblich.

Die Verbindung brach plötzlich ab. Jo sah im Memoteil des Handys nach, ob Nara nicht doch eine Telefonnummer gesendet hatte. Er fand keine.

„Wie ärgerlich", dachte er, „jetzt denkt sie bestimmt, ich habe aufgelegt, weil ich ihr kein Geld leihen will'.

Er setzte Kaffee auf und steckte Graubrot in seinen Toaster.

Nara war vor einem halben Jahr aus seinem Leben verschwunden. In ihrem letzten SMS hatte sie sich bei ihm bedankt und „alles Gute für die Zukunft" gewünscht.

Jo belegte seinen Toast mit Wurst und Käse. Sein Handy sprang erneut an.

„Hallo Jo", Nara rief ihn wieder an: „Mein Guthaben war alle. Jetzt habe ich das Telefon meiner Schwester. Entschuldige bitte".

„Entschuldige dich doch nicht immer. Das hast du überhaupt nicht nötig". Jo wollte normal mit Nara sprechen.

„Soll ich Dir das Geld überweisen oder senden?".

„Bitte mit Western Union. Meinen Nachnamen kennst Du noch?".

Jo musste lachen, „was denkst du von mir? Gib mir bitte eine Handynummer, damit ich dir die Bestätigungszahl von Western Union senden kann".

„Ja, werde dir gleich eine SMS senden", versprach Nara. Dann erzählte sie kurz von ihrem Bruder und der Familie ihrer Schwester, deren Baby im Hintergrund quengelte. Jemand rief laut, sie möge aufhören zu telefonieren. Es würde zu teuer. Nara verabschiedete sich schnell.

Jo hatte plötzlich gute Laune. Er war froh genug, nach der Musik von „Energy Bremen" aus dem Radio zu tanzen.

Die Klänge des russischen Hits „ Ochi Chernye" erklangen. Dazwischen wurde von einer Frauenstimme der Name des Anrufers genannt: „ Nara".

Jo hatte sich ein neues Handy gekauft. Schnell hastete er zum Küchentisch. Aus dieser Richtung kamen die Klänge der Musik.

„Hallo Nara, wie geht es dir?"

Die leise, ruhige und von Jo so geliebte Stimme von Nara antwortete, „Jo, habe ein komisches SMS von dir bekommen. Was wollte die Polizei von dir?".

Jo berichtete kurz von dem Anruf des Polizisten aus Herford und dessen Wusch, ein Buch mit Jos Namen und eine betragsmäßig hohe Quittung für Nara, der Empfängerin schicken zu können.

„Hast du ihm meine Adresse gegeben?". Sehr gelassen antwortete Nara.

„Nein, ich kenne doch deine Heimatadresse nicht", antwortete Jo, „ich habe ihm vorgeschlagen, den Kram einfach wegzuschmeißen. Aber er wollte deine Zustimmung".

„Die gebe ich gerne. Sagst du dem Polizisten meine Antwort".

Jo lachte, „na klar, wenn er wieder anruft!"

Auch Nara lachte plötzlich. Aber es war kein befreiendes Lachen, mehr eine pflichtmäßige Antwort auf Jos Gelächter. Dann wurde Naras Stimme sehr ernst, „Jo, ich habe nur knapp überlebt".

„Scheiße", warf Jo ein.

„Das Auto hat uns nach einem Besuch eines Restaurants erwischt. Mir und meinem Bruder geht es trotzdem gut. Mich hat es nur an den Beinen und am Kopf erwischt. Ich besitze aber eine ADAC-Versicherung. Die zahlt jetzt die Medikamente und wird mich sobald es geht nach Deutschland fliegen, sogar in einem Bettsitz im Flugzeug", ergänzte sie stolz.

„Da hast du ja trotzdem noch Glück gehabt", sagte Jo.

„Ja. Ich rufe dich gleich an, wenn ich zurück in Deutschland bin. OK? Wir müssen unbedingt miteinander sprechen!".

„Gerne", antwortete Jo zurückhaltend, „grüße bitte die anderen Betroffenen und gute Besserung für Euch".

Er hatte Tage vorher Gula versprochen, Nara nicht zu sagen, dass er über den Unfall von ihr informiert worden war.

„**K**annst du mich anrufen. Ich liege im Krankenhaus". Jo las das SMS zum zweiten Mal. Er schaute auf die Telefonnummer. Sie begann mit ‚+996'.

„Ein SMS aus Kirgisistan", dachte Jo, „also von Nara".

Er schaltete sofort auf Rückruf. Aber Gula meldete sich. „Hallo Jo, alles OK bei dir?"

„Selbstverständlich, aber warum liegst du im Krankenhaus?".

„Nara ist auch hier, aber sage ihr nicht, dass ich dich angerufen habe".

„Warum nicht? Was ist denn passiert?".

„Ein Auto hat uns umgefahren. Meine beiden Beine sind gebrochen".

„Oh Gott!".

„Der Arzt meint, ich muss noch drei Monate hier bleiben".

„Wie schrecklich, wie ist es denn geschehen?".

„Weiß ich nicht, plötzlich sah ich das Auto ganz nahe. Dann war alles dunkel".

„Gab es viele Verletzte?", Jo war neugierig.

„Ja", Gula flüsterte nur noch. Nach einer kurzen Pause fügte sie hinzu, „wir waren zu sechst".

„Ich muss jetzt Schluss machen", Gula redete schnell, „melde mich wieder".

Die Verbindung brach ab.

Jo legte langsam sein Telefon auf die Aufladestation. Er wusste, dass Gula und Nara befreundet waren. Ihr gemeinsamer Urlaub in den Semesterferien in Kirgisistan überraschte ihn trotzdem.

Erst vor drei Monaten hatte er für Nara eine Wohnung mit drei Zimmern besorgt und die Kaution bezahlt.

Europäische Liebe

Jo

Jo sah eine Handynummer mit der Vorwahl aus Kirgisistan. Er rief sofort zurück, wissend, dass es bei Nara Nachmittag war.

Nara meldete sich.

„Hallo", ihre tiefe, leise Stimme bewegte Jo.

„Du hast mich vor drei Stunden angerufen", Jo versteckte seine Gefühle hinter Fakten.

„Ja, ich habe heute viel an dich gedacht. Mir ist eingefallen, dass ich mich bei dir entschuldigen muss", das war Jos Nara, die sich für alles entschuldigte, damit sie kein schlechtes Gewissen haben musste.

„Worüber musst du dich denn entschuldigen?". Jo antworte etwas müde.

„Ich habe dir das geliehene Geld noch nicht zurückgegeben, obwohl ich es versprochen habe". Nara wirkte betrübt.

„Nein, Nara, du brauchst dich nicht zu entschuldigen. Du hast nie versprochen, mir das Geld wieder zu geben".

Jo musste plötzlich über sich selber lachen. Es war so schön, wieder mit Nara Kontakt zu haben. Sein Lachen war ansteckend. Jo hörte ihr tiefes, gurrendes Gelächter.

Er freute sich und malte sich ein Bild. Nara, in einem weißen Krankenhausbett von liegend, die zerbrochenen Beine im Gipsverband vor sich ausgestreckt oder hochgebunden, ihr kleines, hübsches Gesicht mit Lachgrübchen kichernd.

„Der ADAC bringt mich zwei Tage vor deinem Geburtstag nach Bremen zurück", erzählte sie wieder sachlich werdend.

„Ich rufe dich sofort an, wenn ich in meiner Wohnung bin".

Sie legte auf und Jo schlief schnell und glücklich ein.

„Bin wieder in Bremen. Brauche deinen Rat", lautete die SMS von Nara.

Jo rief sie erst zurück, als er seine Kinder zu ihrer Mutter gebracht hatte.

Nara hörte sich krank an. Ihre Stimme war noch leiser als sonst, beteuerte aber mehrfach, sie sei gesund. Jo war erleichtert, ihre Stimme nach vier Monaten wieder hören zu können.

„Schön, dass du wieder in Bremen bist", sagte er kühl in sein Telefon: „Wie geht es dir wirklich?".

„Nicht so gut", gestand nun doch Nara, „Ein Arzt des ADAC hat mich aus meiner Heimat abgeholt, aber die Klinikum Bremen-Mitte schickte mich einfach nach Hause".

Traurig, müde und enttäuscht klang ihre Stimme. Sie ergänzte: „Was soll ich jetzt machen?".

Jo antwortete nicht, weil er ihre Situation nicht verstand.

Nach einer Pause meldete sich Nara wieder:

„Kannst Du mich vielleicht Morgen oder in den nächsten Tagen besuchen?".

Plötzlich wurde Jo klar, dass ‚seine geliebte Nara' vielleicht wirklich Hilfe brauchte.

„Ich komme in einer halben Stunde", erwiderte er entschlossen: „Wo wohnst du denn in Bremen?".

„Aber Jo", antwortete Nara, „wir haben doch die Wohnung zusammen angemietet. Erinnerst du dich nicht? Im vierten Stock in der Vahr?".

Natürlich erinnerte sich Jo an seine Bürgschaft für die Wohnung für Nara. Er hatte aber gedacht, dass sie längst umgezogen wäre.

Der Türöffner des alten Mehrfamilienhauses schnarrte erst beim vierten Versuch. Jo hastete fünf Stockwerken nach oben.

Nara öffnete die Tür in einem weißen, langen Rock. Darüber trug sie ein rotes, enges Top, weit ausgeschnitten, ihre braunen schmalen Arme und schönen Schultern bloß stellend. Jo betrachtete die Ansätze ihres festen, jugendlichen Busens, den er so vermisst hatte. Jo fiel auf, dass sie noch schlanker, fast schmal geworden war. Sie begrüßten sich wie alte Bekannte, die sich lange nicht gesehen haben. Trotzdem fühlte Jo ihren sanften Körper und ihre weichen Wangen.

Sie kochte Tee und stellte Kekse und Süßigkeiten auf den kleinen Tisch im Wohnzimmer, der typisch weiblich mit Teetassen, braunem Zucker und verschiedenem Gebäck sorgfältig gedeckt war. Jo nahm auf der, mit einer weißen Decke überzogene Couch Platz.

An den Wänden hingen keine Bilder. Irgendwie sah die Wohnung unbewohnt aus.

Jo fragte laut in Richtung Kochnische, „mit wem lebst du eigentlich hier?".

„Kennst du nicht. Sie ist eine Kommilitonin. Wir haben uns an der Uni kennen gelernt".

Nara setzte sich an seine Seite.

„Entschuldige bitte, ich möchte von mir erzählen", begann sie unterwürfig.

„Ein Arzt vom ADAC kam in Bishkek an. Er telefonierte vom Flughafen mit mir, weil er kein Russisch konnte. Er hatte Zollschwierigkeiten mit seinem Rucksack voller Ampullen mit Arzneien und Arztbestecken. Ich möchte ihm helfen, bat er, denn keiner würde ihn und seinen Auftrag verstehen, da er kein Russisch spräche".

Nara erzählte von dem Arzt, der extra für sie gekommen war, wie sie ihm am Flughafen helfen konnte und warum er sie überredete, ihren Krankenhausaufenthalt noch am selben Abend gegen den Widerspruch ihrer Ärzte zu beenden, damit der ADAC-Arzt seinen Auftrag, sie nach Deutschland zurück zu holen, erfüllen konnte.

„Er war so hilflos", erklärte sie Jo: „Keine russischen Dokumente über seinen Auftrag, keinen englischen Brief, der seine Mission im Ausland erklärt hätte. Ich habe einfach Mitleid mit ihm gehabt".

„Mein Arzt im Krankenhaus in Bishkek warnte mich, ich sei transportunfähig. Meine Kopfverletzungen könnten im Unterdruck des Flugzeuges aufbrechen und zu bluten anfangen. Es ist aber alles gut gegangen".

Nara machte eine Pause, in der sie an ihrem Kamillentee nippte. Plötzlich lachte sie und sagte: „Für mich war über drei Sitzreihen im Flugzeug ein Bett angebracht, auf dem ich während des Fluges liegen musste. Die anderen Fluggäste haben mich wie eine Verrückte angesehen".

Ihr Gesicht wurde wieder ernst, als sie weiter sprach, „der Krankenwagen brachte mich in ein Bremer Krankenhaus. Dort musste ich in der Ambulanz über fünf Stunden warten. Ich war schrecklich müde! Dann beschwerte ich mich und nach einer halben Stunde kam ein Arzt und sagte, ich solle Schmerztabletten nehmen und in fünf bis sechs Jahren wiederkommen, wenn ich nicht mehr laufen könnte. Dann würden sie mich operieren".

Jo bemerkte, dass Nara ständig ihre Sitzposition änderte. Mal saß sie betont gerade, dann legte sie sich halb hin, zog die Beine an ihr Kinn oder streckte sie quer auf das Sofa.

„Hast du Schmerzen", fragte er.

„Nein, mir geht es doch ganz gut", selbstbewusst sollte das klingen. Aber Jo hörte die Unsicherheit in ihrer Stimme.

„Weißt Du", fuhr Nara fort, „die Dinge haben nach dem Unfall eine andere Bedeutung für mich bekommen. Ich lebe noch. Mir ist jetzt bewusster geworden, was wichtig ist. Die

Schmerzen werden vergehen, ich lebe weiter, ohne zu wissen, wie lange. Ich will mein Leben jetzt genießen!".

Dann fügte sie noch hinzu, „ich bin ein anderer Mensch geworden".

Sie richtete sich auf und sah Jo direkt an. Jo näherte sich ihr, damit er ihre schwarzen, großen Pupillen besser sehen konnte.

„Jo, es ist nicht einfach. Aber solange du selbst entscheiden kannst, geht es irgendwie".

Sie lehnte sich wieder an die Lehne der Couch.

„Als ich nach Deutschland kam, habe ich morgens ab fünf Uhr geputzt, anschließend in einem Großhandel in Bremen die Samen von Blumen sortiert. Manchmal durfte ich als Altenpflegerin arbeiten. Aber das ging nur selten, weil ich körperlich nicht stark genug dafür bin. Ich war von fünf Uhr morgens bis zehn Uhr abends am Arbeiten. Trotzdem blieben am Monatsende nur knapp hundert Euro für Lebensmittel über. Ich musste aber die kleine Souterrain-Wohnung und vor allem die Deutschkurse beim Goethe-Institut bezahlen".

„Jetzt konnte ich mir mit meiner jüngeren Schwester in einer guten Gegend in Biskek eine Wohnung kaufen, die wir vermieten. Das bringt regelmäßig Geld". Stolz schwang in ihrer Stimme.

In ihrem Gespräch entstanden immer längere Pausen. Längst lief der kleine Fernseher ohne Ton. Beide gingen auf den Balkon und rauchten, unterhielten sich über das Bremer Wetter und das kleine Taubennest in einer Ecke des Balkons, in dem ein weißes Ei lag.

Dann schworen sich beide, dass sie sich nicht aus Dankbarkeit getroffen hatten und gerne miteinander sprechen würden. Jo lud sie zum Mittagessen am nächsten Tag ein.

In den fast zehn Stunden ihres Zusammenseins an diesem warmen Sonntag im Herbst lachten Nara und Jo oft. Allerdings unterbrochen von den Erinnerungen an die Tragik des erlebten Unfalls. Die schwerkranke Gula kam zu schnell in das Bewusstsein zurück.

Jo zeigte Nara „sein Oberneuland". Die Baumalleen, weiten Wiesen zum Wümmedeich und den Reitstall, in dem er vor vielen Jahren aktiv war. Leider konnten sie nur zwei Pferde streicheln. Es war ein Ausritt des Vereins unterwegs. Nara erzählte von ihrer Kindheit und ihrem Pferd, das später gestohlen wurde.

Am späten Nachmittag besuchten sie Jos Schwester, die in Oberneuland wohnte. Es gab noch warmen Apfelkuchen mit viel Sahne. Dazu ihren hervorragenden Kaffee, den Nara ablehnen musste, da sie auf ärztliches Geheiß nur Tee und Wasser trinken durfte. Jos Schwester und Nara verstanden sich gut. Sie unterhielten sich über die „Seidenstraße", die noch heute die längste Gerade in Biskek-City ist, blätterten in Atlanten und Sachbüchern, die sich mit der Heimat Naras beschäftigten.

„Du hast aber eine sehr nette Schwester", erzählte Nara auf der Rückfahrt, „sie ist so offen und herzlich".

Vorher hatten sie noch diskutiert, was zur Klärung und Heilung der Verletzungen von Nara zu erledigen sei.

Sie entschlossen sich, eine doppelte Strategie anzuwenden. Jo sollte als erstes einen kurzfristigen Termin bei dem ‚überlaufenden' aber sehr guten Orthopäden im Lestra-Haus in Bremen-Horn besorgen. Gleichzeitig musste der behandelnde Arzt des Krankenhauses gesucht werden, damit Nara ihre Röntgenaufnahmen aus Kirgisistan wiederbekam.

Sofort nach der Öffnung der Praxis des Orthopäden rief Jo an. Er hatte Glück, oder klang überzeugend, jedenfalls sollte er sofort mit Nara kommen. Es wurden mehrere kleine Brüche an der Außenseite ihrer Wirbelsäule diagnostiziert. Sie sollte vier Praxisbehandlungen mit Ultraschall erhalten, damit die vielen Blutschwellungen abklängen.

Schwieriger war es für Jo im Krankenhaus den behandelnden Arzt zu ermitteln. Nur über die Sekretärin des weit über Bremen bekannten Professors der chirurgischen Abteilung erhielt Jo Unterstützung. Sie ermittelte über den Zeitpunkt der Einlieferung, dem Dienstplan und dem Geburtsdatum der Patientin den Namen und versprach, dafür zu sorgen, dass der Arzt Jo anrufen würde.

Bereits eine Stunde später rief ein Arzt an. Die Sekretärin schien im Krankenhaus erheblichen Einfluss zu haben.

„Ich kenne die Patientin leider nicht persönlich", begann der Arzt sicherheitshalber das Gespräch: „Sie wurde von einem Kollegen untersucht".

Trotzdem stellte Jo seine Fragen zur Klärung der gesundheitlichen Situation von Nara.

Er war überrascht, wie genau der Arzt informiert war, „sie kam aus Russland und ihre Krankenhausberichte konnten wir selbstverständlich nicht lesen, geschweige denn verstehen. Es gibt hier niemanden, der Russisch kann. Aber anhand der Röntgen- und Scheibenaufnahmen ihrer Wirbelsäule und ihres Kopfes haben wir zusammen gesessen, um eine Beurteilung des Falles zu erreichen. Es war keine akute Gefahr zu erkennen. Befürwortet wurde aber eine Weiterführung in eine Reha-Maßnahme. Leider hat sie wohl etwas missverstanden. Als wir sie endlich fragen wollten, ob sie mit einer Reha-Maßnahme einverstanden wäre, war sie nicht mehr im Krankenhaus".

„So einfach ist das, wenn der Patient Ausländer ist", dachte Jo.

Am nächsten Tag trafen sich Jo und Nara in ihrer Wohnung. Es war elf Uhr. Trotzdem war für September eine ungewöhnlich hohe Temperatur von fast dreißig Grad in Bremen. Jo erschien mit T-Shirt und heller Hose bei Nara und trank süßen, schwarzen Tee. Nara zeigte ihm Fotos von ihrer letzten Geburtstagsfeier. Ihre Freundinnen hatten sie einen Tag vor ihrem Geburtstag gezwungen in ein Auto zu steigen und mit unbekanntem Ziel wegzufahren.

„Sie sagten mir, sie wollten nach Holland, Italien und Paris fahren. Einfach mal das Leben genießen und Europa kennenlernen".

Jo sah auf einem Foto die freundlich lachende Nara neben ihren Freundinnen vor dem Rathaus in Amsterdam.

„Da lachst du ja mal richtig herzlich", kommentierte er ihr Bild: „Schenkst du mir es?".

„Ja. Amsterdam war sehr schön. Am zweiten Tag hatte ich Geburtstag. Es war toll".

„Habt ihr auch die berühmten Discos in der Nähe von Amsterdam besucht?".

„Na klar. War für mich dann aber nicht so toll".

„Warum nicht?".

Nara schwieg einen Moment und sah Jo forschend an. Dann gestand sie ihm, „ich kann Alkohol sehr schlecht vertragen. Gula und meine dritte Freundin hatten schon in den Cafes Bier getrunken. Ich habe Tee und Wasser bestellt. Später überredeten sie mich, mit einem Taxi zu einer großen Disco zu fahren. Sie waren ausgelassen und fröhlich. Ich war nüchtern und wollte ihre Stimmung erreichen. Sie gaben mir eine Flasche mit Früchtetee, die sie mit etwas Alkohol angereichert hatten, wie sie mir erzählten, weil ich Geburtstag hätte".

Nara sah ihn fragend an. Dann entschied sie sich fortzufahren.

„Kaum waren wir in der Disco, bekam ich keine Luft mehr und wahnsinnige Kopfschmerzen. Ich sagte es Gula. Die schlug, gerade tanzend, ihre Hände vor ihr Gesicht. Sie kennt mich sehr gut".

„Ich weiß nur noch", gestand Nara, „dass ich am nächsten Morgen im Hotel neben Gula aufgewacht bin. Filmriss. Aber sie kennt das bei mir. Manchmal vertrage ich viel Alkohol. Aber an anderen Tagen überhaupt keinen".

„Das kenne ich auch sehr gut", erzählte Jo und berichtete von einem Alkoholerlebnis, das schlechte Folgen für ihn brachte.

„Und was ist aus eurer Europatour geworden?".

Nara sah Jo traurig an, „wir haben abgebrochen. Mir ging es drei Tage sehr schlecht. Noch in Bremen habe ich nur im Bett gelegen. Meine dritte Freundin war sehr enttäuscht. Es wäre ihre Abschiedsfahrt aus Europa gewesen. Danach fuhr sie nach Bishkek zu ihrer Hochzeit".

„**M**öchtest du noch einen Tee?". Nara stand auf und Jo sah die zarte, braune Haut auf ihren Brüsten. Er wurde unruhig. Zu oft hatte er ihren Körper nackt und begehrenswert erlebt.

„Ja, gerne", antwortete er.

Nara brachte heißes Wasser aus der Küche, die Jo vor einem Jahr der GEWOBA abgetrotzt hatte, weil sonst die Wohnung von seinen damaligen Freundinnen nicht gemietet worden wäre, wie er behauptet hatte.

Jo suchte einen Teebeutel aus der Auswahl verschiedener Geschmacksrichtungen auf dem Teller aus. Er entschied sich wieder für schwarzen Tee, ostfriesischen.

„Jo, ich bin verheiratet", begann Nara.

„Wer ist den der Glückliche?". Was sollte Jo auch anderes sagen bei dieser Frustaussage seiner begehrten Frau?

„Der katholische Mann, von dem ich dir schon früher erzählt habe". Nara akzeptierte seinen Sarkasmus nicht.

„Ich habe ihn aber nach drei Monaten verlassen", erzählte sie weiter.

„Er war zu abhängig von seinen Eltern, mit denen wir in einem Haus zusammenlebten. Sie unten, wir im ersten Stock. Aber ich bin nicht so kirchlich. Ich glaube an einen Gott, aber nicht an die Auslegung dieses Gottes durch eine Religion. Ich bin Muslim, aber nicht so aggressiv wie Katholiken. Immer beten, sonntags zur Kirche gehen, beichten und bereuen, was die Vorschriften der Religionen bestimmen. Da könnte ich auch eine konservative Muslim sein, mich verschleiern und untertänig zu Männern sein".

Die letzten Worte waren laut und aggressiv. Nara hatte ihren Wunsch, einen deutschen Mann zu heiraten, wohl bitter bereuen müssen.

Jo erlebte sein zweites Abschiedsessen mit Nara nur zwei Tage später. Sie wollte unbedingt das Frühstück bezahlen. Später noch die Rezeptgebühr, die er bezahlt hatte, erstatten. Jo hatte darauf aggressiv reagiert. Und Nara steckte ihr Geld wieder ein.

Zwei Stunden später erhielt Jo ein SMS.

„Danke für deine Hilfe. Ich hab' dich lieb".

Jo antwortete, dass er sie auch sehr lieb haben würde, besonders wenn er mit ihr in Warteräumen von Krankenhäusern sitzen würde. Er ergänzte den letzten Satz seines SMS mit einem grinsenden Smily.

Drei Wochen später erhielt Jo einen Anruf von Nara, „hast du vielleicht heute Abend Zeit für mich?".

„Selbstverständlich habe ich immer Zeit für dich", lachte Jo in sein Handy.

„Ich komme um sieben Uhr zu dir, wenn du nichts dagegen hast".

„Ich werde in meiner Wohnung sein".

Pünktlich klingelte es an Jos Tür. Er öffnete und sah eine bezaubernde Nara vor sich. Sie hatte sich ihre schwarzen Haare fast hüftlang verlängern lassen und trug über ihren kniehohen, schwarzen Stiefeln eine enge Leggins mit kurzem Rock. Auch ihre Bluse war eng und schwarz. Ihr Gesicht war ungeschminkt. Trotzdem empfand Jo ihr Outfit beim zweiten Blick störend. Das war nicht ‚seine Nara'. Aber es reizte ihn.

„Möchtest Du ein Glas Rotwein oder lieber Tee?".

„Bitte einen Tee". Nara setze sich auf die Couch im Wohnzimmer und Jo bereitete in der Küche den Tee. Er war gespannt, wie der Abend weiter verlaufen würde.

Als er den Tee brachte, sagte Nara:

„Ich bin gekommen, um dir zu sagen, dass ich jetzt fast nur noch in Gütersloh lebe und arbeite".

Sie schwieg und versuchte den heißen Tee in kleinen Schlucken zu trinken.

Dann richtete sie sich auf, sah Jo in die Augen und sagte: „Ich habe keine guten, richtigen Freunde in Deutschland. Nur dir kann ich vertrauen. Du bist verlässlich und immer ehrlich und hilfsbereit zu mir gewesen".

Dann senkte Nara ihren Blick zum Tisch und murmelte leise, „ich kann mit dir nicht mehr schlafen. Du bist ein zu guter Freund für mich".

Für Jo brach eine Welt zusammen. Plötzlich kam Eifersucht in ihm auf. Er konnte nichts sagen.

„Jo, du hast Internet. Ich möchte dir etwas zeigen".

Vor dem Monitor sagte sie, „wenn du nicht willst, brauchen wir das nicht zu sehen".

„Doch, das interessiert mich jetzt".

Nach ihren Angaben rief Jo ein Forum im Internet auf, in dem Männer Frauen mit ihren Erfahrungsberichten beurteilten. Jo war nicht überrascht, dass Nara eine der Bestbeurteilten war. Aber er konnte es irgendwie nicht ertragen.

Feinfühlig erkannte Nara, dass sie ihm genügend gezeigt hatte und sagte, „wenn du willst, kannst du das alleine aufrufen und in Ruhe lesen".

Sie ging zur Couch zurück. Jo löschte die Seite aus dem Verlauf des Internets. Er würde dieses Forum bestimmt nie wieder aufrufen. Es würde ihn nur quälen, da war er sich sicher.

Als er sich neben Nara setzte und sie verlegen an ihrem jetzt kalten Tee nippten, war Jo überrascht, dass er kein Verlangen mehr hatte.

Sie schwiegen eine Zeitlang. Nara erzählte von ihrer Freundin Gula, die wohl nicht mehr nach Deutschland zurückkehren würde und ihrer Einsamkeit in Deutschland. Jo antwortete nur kurz und pflichtgemäß. Er hatte einen Schock zu verarbeiten. Nara ging zehn Minuten später.

„Habe ich mich wieder geirrt?", Nara saß im Zug nach Gütersloh, nachdem sie in Hannover umgestiegen war.

„Er schien doch so zuverlässig und ehrlich zu sein".

Sie öffnete wieder das Buch, das Jo ihr geschenkt hatte. Eine Freundin von ihr hatte davon erzählt, „da ist eine bemerkenswerte Frau aus Kirgisistan beschrieben, der du sehr ähnlich bist".

Sie konnte nicht begreifen, dass der Romanheld sie mit ihrer besten Freundin betrogen hatte.

Sie erinnerte sich, dass Jo ihr gesagt hatte, dass vieles ausgedacht und erlogen wäre in seinem Roman. Aber zu eindeutig beschrieb der Roman sie und ihre beste Freundin.

„Aber selbst", überlegte sie als der Zug in einem dunklen Bahnhof hielt, „wenn es erlogen oder ausgedacht ist, warum wählte er gerade diese Begebenheit in seinem Roman?".

Ihr Handy meldete den Empfang einer SMS. Sie kramte es aus ihrer großen Umhängetasche.

Jo hatte ihr geschrieben.

Sie las, „liebe Nara, wann immer du meinst, ich kann dir helfen, lass es mich wissen. Ich habe dich freundschaftlich lieb".

Nara antwortete sofort und emotional, „lieber Jo, danke, dass du dir Sorgen um mich machst. Ich habe dich sehr lieb".

Boris

Elena rief Boris aus Wladiwostok an. Es war zehn Uhr morgens in Deutschland. Sie wollte unbedingt von ihrer neuen Arbeitsstelle berichten. Nach drei Monaten ohne feste Anstellung, nur vom Geld ihres Vaters lebend, hatte sie als „Interpréteurin" eine Arbeitstelle bei einem russischen Konzern bekommen.

„Es ist sehr interessant, aber auch anstrengend", berichtete sie freudig während im Hintergrund der Lärm des Straßenverkehrs zu hören war.

„Den ganzen Tag muss ich telefonieren, mit Kollegen reden und meine neuen Aufgaben begreifen. Abends bin ich fix und fertig".

Boris hörte plötzlich keine Hintergrundgeräusche mehr.

„Ich bin jetzt im Bus", Elena sprach leiser.

„Schreibe dir bald ein ausführliches Mail. Kapa kapa".

Boris wusste, dass Elena gerne nach Deutschland kommen würde. Sie hatte ihn gefragt, „was erwartest du von einer Frau".

Er hatte ehrlich geantwortet. Sie akzeptierte und schlug ein Treffen in Moskau oder St. Petersburg vor.

„Wenn es dir nicht zu langweilig ist", Boris brachte seine Erfahrungen mit deutschen Frauen ein, „du kannst in Deutschland erst die Sprache lernen und halbtags arbeiten, wenn wir einen Job für dich finden".

„Sehr gut", antwortete Elena und ergänzte sofort, „kannst Du mich am Anfang ernähren?".

Boris hätte „Nein" antworten müssen. Er war als Russe mit deutschen Großeltern nach Deutschland gekommen aber sein Einkommen reichte schon jetzt nicht, um seine Kosten zu decken. Er sah für sich und Elena keine finanzielle Zukunft. Er hatte schon genug Probleme.

Elena legte aber noch nach, „kannst du mir wieder Blumen schicken? Ich liebe Blumen so sehr, wie du weißt".

„Aber gerne", antwortete Boris, wissend, dass er nicht genug Geld hatte, regelmäßig ein Mittagessen einzunehmen.

Sie verabschiedeten sich mit, „kiss, kiss and пока!".

Boris hatte Elena über das Internet kennen gelernt. Die preiswerte „Interfriendship-Seite" vermittelte hauptsächlich Osteuropäerinnen mit deutschen Männern. Elena war Anfang dreißig. Sie hatte Boris Einladung nach Paris sofort akzeptiert. Es wurden wunderschöne Tage.

Louvre, Versailles, Notre-Dame und das Maxim waren nur einige der gemeinsam erlebten Höhepunkte. Boris vergaß nie die zarte Berührung ihrer Hand auf seinem Arm, wenn sie durch Paris schlenderten. Sie kamen sich menschlich sehr nahe.

Am letzten Tag in Paris wollte Elena unbedingt den Turm von Notre-Dame besteigen.

„Einen Versuch will ich noch unternehmen. Es ist mein vierter. Bitte, lass uns hinfahren".

„Na gut", Boris empfand den Wunsch kindisch, „aber vorher möchte ich auf den Eiffelturm".

Die selbst bei dem andauernden Nieselregen lange Schlange vor dem Kassenhaus des Pariser Wahrzeichens ließ ihn aber den Taxifahrer anweisen, zu Notre-Dame zu fahren.

„Es tut mir leid", sagte die freundliche Dame am Informationsstand in perfektem Deutsch, „das Besteigen des Turmes ist wegen des nassen Wetters verboten".

Elena und Boris sahen sich ratlos an. Es war ihr letzter gemeinsamer Tag in Paris. Sollte es heute kein schönes gemeinsames Erlebnis geben?

Sie schlenderten zu den Kaufhäusern in der Nähe. Auf dem Platz vor dem alten Gefängnis entdeckte Elena ein großes buntes Karussell.

„Oh, ein wunderschönes altes ‚Mary goes round'. Schade, dass es geschlossen ist".

Elena zog Boris an der Hand über den Platz. Er erblickte ein nostalgisches Fahrgeschäft mit bunten Pferden, Schiffsschaukeln und anderen phantasievollen Sitzgelegenheiten, die mit bunten, fast kitschigen Figuren bemalt und liebevoll verziert waren, das still und unbeweglich vor ihnen stand.

„Seit meiner Kindheit habe ich das nicht mehr gesehen". Elena stand fasziniert vor dem Karussell. Ihre großen braunen Augen leuchteten vor Freude und Begeisterung.

Boris fühlte sich verpflichtet, ihr eine Freude zu bereiten. Er sah sich um und sah einen abseits stehenden Zirkuswagen. Hinter einer Glasscheibe erblickte er zwei Männer.

„Warte einen Moment", sagte er zu Elena und ging zu dem Wagen. Er klopfte an die Scheibe, die quietschend zur Seite gezogen wurde.

„Kennen Sie jemanden, der dieses Fahrgeschäft starten kann?". Die beiden Männer starrten ihn verständnislos an.

„Sehen sie diese Dame", fuhr Boris unbeirrt fort, „sie möchte damit herumfahren".

Er zeigte auf Elena und machte eine kreisende Handbewegung. Der ältere Mann lachte und sagte etwas auf Französisch, das Boris nicht verstand. In der Hoffnung etwas zu bewirken, gab er dem Mann einen Zehneuroschein.

Der Mann lachte herzhaft und deutete eindeutig auf das Karussell, in dem Elena Platz nehmen sollte. Er verließ den Wagen und ging zum kleinen Häuschen neben dem Karussell. Boris spürte einen freundlichen Klaps auf seiner Schulter.

Boris nahm Elena an die Hand und zog sie zu einem besonders schön bemalten Pferd. Sie lachte ihn glücklich an. Langsam fing das alte Karussell an, sich zu drehen. Nach einigen Minuten vernahmen sie typische alte Karussellmusik. Boris setzte sich auf das Pferd neben Elena. Er sah zu ihr herüber. Elena sah ihn nicht an. Sie blickte nach oben zu den bunten altertümlichen Malereien.

Leicht quietschend bremste das Karussell. Elena sah enttäuscht aus. Boris ging zu dem freundlichen Franzosen, der ihn erwartete. Lächelnd nahm er die zwanzig Euro entgegen. Leicht konnte Boris den sich langsam drehenden Boden des „Mary goes round" betreten. Er suchte Elena. War sie schon ausgestiegen?

Sie winkte ihm aus einer halbgeöffneten roten Muschel zu. Boris setzte sich neben sie.

Die Fahrt dauerte lange. Bald sahen sie nicht mehr die in Ruhe vorbeiziehenden Gebäude, achteten nicht auf die Menschen, die ihnen zuwinkten. Elena ergriff Boris Hand und presste sie an ihren Bauch. Sie schmiegten sich in die innere Ecke der Muschel, als wenn die Umdrehungsgeschwindigkeit dieses bewirken würde. Verklärt und verzaubert wie kleine Kinder saßen sie in diesem auf Nostalgie getrimmten Gefährt. Sie dachten an ihre Kindheit, verlorenen Träume und unerfüllten Lebenserwartungen.

Die tiefe Verbundenheit ihrer „Seelen" konnte auch die lange Trennung nicht löschen. Elena war nach Moskau zurückgekehrt und ein halbes Jahr später nach Wladiwostok gezogen. Sie war beim Ministerium für Verkehr, in dem sie als Übersetzerin arbeitete, in Ungnade gefallen und entlassen worden. Ohne Geld musste sie zwangsläufig ihr geliebtes Moskau verlassen und nach Wladiwostok zur ihren Eltern ziehen. Es war ihr sehr schwer gefallen.

Häufig sandte sie als Zeichen ihrer Verbundenheit an Boris MMS. Ihr Lieblingsinterpret hieß ‚Aleksandr Malinin'. Viele stimmungsvolle, traurige, russische Liebeslieder konnte er sich anhören. Das schönste wählte er als Klingelton für sein Handy.

Da sie aus Geldmangel meistens nur mit „whatsapp" korrespondierten, schlugen sie sich gegenseitig träumerische Treffen vor. Sie verabredeten sich in Kroatien, Israel und anderen Ländern, in denen kein Visumzwang für Russen bestand. Beide wussten, dass es nur Träume waren. Aber es war schön, sich vorzustellen, ein Treffen könnte möglich sein.

„Meine Freundin Svetlana", schrieb Elena eines Tages, „ich nenne sie Sveta, hat eine Arbeit in Prag gefunden. Ihr Sohn studiert dort. Ich habe ihr deine Mailadresse gegeben. Prag liegt doch ganz in der Nähe von Bremen".

Eine Woche später schrieb Elena, „sie ist meine beste Freundin. Bestimmt kann sie dir viel von mir und meiner Situation in Wladiwostok erzählen. Du glaubst nicht, wie sehr mir Moskau und meine Wohnung am Leningradsprospekt fehlt. Ich habe solch eine Sehnsucht nach Moskau!".

Sveta

"Ich bin die Freundin von Elena", las Jo einige Wochen später in einem Mail, "ich kenne die Nordsee und Amsterdam noch nicht. Freunde waren dort. Sie erzählen viel davon. Kannst Du mir helfen, das auch zu sehen?".

Bereits zwei Wochenenden später stand Jo am Bremer Flughafen und wartete auf das Eintreffen des Lufthansafluges aus Prag mit Umsteigen in München.

Da er kein Bild von Sveta hatte, war er gespannt, welche der durch die Ausgangssperre kommenden Frauen ihn ansprechen würde. Sveta hatte geschrieben, dass Elena ihr ein Bild von ihm gesandt hatte.

"Du musst mir helfen", bat Boris, "ich kann der Freundin meiner Traumfrau keinen Besuch in Deutschland bezahlen".

Jo schüttelte seinen Kopf. "Ich auch nicht", behauptete er, "außerdem habe ich keine Zeit".

Boris lachte, "du bist Frührentner, du hast Zeit und wir sind Freunde".

"Na ja", dachte Jo, "Freunde ist wohl das falsche Wort, nur weil wir Skins klatschten".

„OK", sagte er, „du hilfst mir beim Umzug und ich opfere ein Wochenende für dich".

Boris küsste ihn auf beide Wangen. Er wusste, dass Jo keinen Mundkuss ertrug.

Am Bremer Flughafen sahen Jo mehrere Frauen erstaunt an oder ermunternd in die Augen. Er lächelte allen zu. Aber dann wandten sich die Frauen ihren Männern oder Freunden zu. Keine sprach ihn an.

Jo sah durch die Glastür in die Ankunftshalle. Er beobachtete das leere, langsam laufende Gepäckband. Kein Ankommender war zu sehen. Er wusste nicht, was er tun sollte.

Sein Handy klingelte. Es war Elena, „Jo, meine Freundin hat angerufen. Sie findet dich nicht. Wo bist du?".

„Im Bremer Flughafen, wie besprochen".

„Wo genau?".

„Am Ausgang der ankommenden Flüge".

„Bitte genauer".

„Hier ist eine Automatiktür, die aufgeht, wenn die Passagiere ihr Gepäck vom Band genommen haben und in Richtung ‚Ausgang' gehen".

„Jo, sei doch nicht so schwierig. Kein Wunder, dass dich meine Freundin nicht findet".

Dann ergänzte sie, „hast du kein Schild hochgehalten mit ‚Welcome Sveta' oder ähnliches?".

„Nein", gestand Jo, „mache ich jetzt sofort, Elena".

„Telefonieren sie gerade mit einer Elena", eine ängstliche, unsichere Stimme erklang hinter Jo.

„Ja, sind sie Sveta?"

„Alles klar, Elena. Wir haben uns gefunden".

„Na endlich!", Elena legte auf.

„Entschuldigen sie bitte, dass ich mich nicht deutlicher kenntlich gemacht habe". Jo wandte sich seinem Besuch zu.

„Ich muss mich entschuldigen. Ich habe ihr Bild zu Hause vergessen".

Eine leise, aber sehr deutliche Stimme mit russischem Akzent drang zu Jo. Er bemühte sich, sie nicht mit seinen Blicken abzutasten. Erkannte trotzdem ein leicht mongolisches Gesicht. Sie war einfach gekleidet. Keine Ohrringe, geschminkte Lippen oder künstliche Augenschatten konnte er erkennen.

‚Wie bei KIK gekauft' dachte er.

„Wollen wir uns nicht duzen?", fragte sie.

„Aber gerne!"

„Ich habe ein Hotelzimmer für dich gebucht", fuhr er fort, um die Situation gleich zu klären, „ganz in der Nähe von meiner Wohnung".

„Das ist gut", antwortete sie.

Aber der Besuch gestaltete sich anders, als Jo erwartet hatte. Sveta wollte seine Wohnung kennen lernen.

„Damit ich meiner Freundin erzählen kann, wie du wohnst".

Sie war begeistert von seiner Wohnung im dritten Stock. Er bot ihr Kaffee, Tee oder Wasser an. Sie bestand auf Wein, den Jo von seiner Nachbarin besorgte.

Als Jo zurückkam, hatte sie bereits ihre Reisetasche in das „Kinderzimmer" gestellt und duschte im Bad. Jo hatte ein Zimmer seiner Wohnung für seine Kinder eingerichtet, damit sie einen eigenen Raum hatten, wenn sie ihn am Wochenende besuchten.

„Dein Bad ist sehr alt", sagte Sveta, nur mit einem Handtuch bekleidet, „hast du die Wohnung gemietet oder gekauft?".

„Nur gemietet", antwortete Jo, „werde bestimmt wieder umziehen, wie ich mich kenne".

Sveta ging auf seine Aussage nicht ein. Sie erzählte, sich neben Jo setzend, „ich habe in der Nähe von Prag eine kleine Wohnung gekauft. Nur zwei Zimmer, aber das genügt mir. Mein Sohn wohnt in einem Studentenheim direkt in Prag".

Jo hob sein Weinglas und prostete ihr zu, „auf ein interessantes Wochenende für dich".

Sveta ergänzte, bevor sie trank:, „тост (Prost)".

Dabei löste sich das Handtuch von ihrem Körper und fiel herunter.

Jo begründete die Stornierung der Zimmerbuchung des Hotels mit einer plötzlichen Krankheit.

Auf der fast vierstündigen Fahrt von Bremen nach Amsterdam erzählte Sveta viel von sich. Jo hörte gerne zu. Er liebte interessante Lebensgeschichten.

Sveta war in der ehemaligen DDR in Potsdam Lehrerin gewesen. Sie unterrichtete Mathematik an einer russischen Hochschule. Durch einen Zufall war sie zum KGB gekommen und zum Offizier in der russischen Armee aufgestiegen. Nach der so genannten „Wende", die den Abzug der russischen Armee aus Deutschland forderte, wurde sie in Wladiwostok als Leiterin der „westlichen Kommunikation" eingesetzt. In einem Crash-Kursus musste sie schnell Englisch lernen. Viele ausländische Besucher und Kontrolleure kamen, um das in westlichen Ländern umjubelte „Perestrojka" zu kontrollieren.

„Es war eine interessante Aufgabe", erzählte sie, „aber wir mussten immer die ‚Dummen' spielen".

„Wieso die Dummen?", entfuhr es Jo, „ihr habt mit dem Sputnik als erste Nation den Weltraum geöffnet und mit Gagarin, den ersten Menschen in eine Umlaufbahn um die Erde geschickt".

„Du bist typisch westlich erzogen", antwortete Sveta, „darum ging es doch gar nicht. Der Sinn lag erst in der Vorherrschaft der weltumspannenden Spionage. Dann, sehr schnell erkannt, in der Entdeckung von Bodenschätzen und zuverlässigen Wettervorhersagen. Glaubst du, die Amerikaner hätten den Irak Krieg begonnen, wenn sie einen Sandsturm erwartet hätten?".

Nach einer Pause fügte sie nachdenklich hinzu, „unsere Erfolge in der Weltraumforschung haben sich international durchgesetzt. Einige Männer sind sehr reich geworden. Erinnere Dich, wie oft ist das amerikanische ‚Space Shuttle' nicht gestartet, oder sogar beim Start explodiert. Wie viele Astronauten sind verglüht! Hast du jemals gehört, dass russischen Raketen mit Menschen ähnliches passiert ist? Nein, unsere Technologie auf diesem Sektor ist einfach erprobter und besser".

„Und was ist mit der Ariane?". Jo wollte sich ihren Argumenten nicht beugen.

„Jo, ich weiß natürlich, dass dein Vater das ‚Wabentriebwerk' erfunden hat", antwortete Sveta überraschend für Jo.

„Auch wir verfolgen die Erfolge der europäischen Raumfahrt. Sie ist rein kommerziell, ohne Anspruch auf Sensationen. Deshalb ist sie erfolgreich. Viele Staaten und Unternehmen nutzen die Ariane, um Wetter- und Nachrichtensatteliten erfolgreich in der Erdnähe zu positionieren".

„Woher weißt du, welchen Beruf mein Vater hatte?".

„Aber Jo", antwortete Sveta amüsiert, „ich habe mich selbstverständlich informiert, bevor ich dich besucht habe".

Dann ergänzte sie, „warum seid ihr nach dem zweiten Weltkrieg nicht nach Argentinien gezogen? Dein Vater hatte schon die Verträge unterschrieben".

„Ich weiß es nicht", gestand Jo, „wahrscheinlich lag es daran, dass meine Schwester und ich noch Babys waren".

„Aber ihr hattet doch später viele Besuche von Deutschen, die in Argentinien arbeiteten".

„Danke, dass du nicht ‚Nazis' gesagt hast", erwiderte Jo, „mein Vater war schnell wieder in der Raumfahrt tätig. Er war einer der ersten Angestellten bei der ERNO in Bremen, die heute zur EADS gehört".

„Habt ihr deswegen ein Jahr früher die damalige DDR als ‚Republikflüchtlinge' verlassen?".

Jo bemerkte, dass er ausgefragt wurde.

„Sveta, ich war damals ein Kind. Ich kann mich an wenig erinnern, und wir haben in der Familie darüber nie gesprochen", log er.

Sveta lachte und schmuste mit ihm. Nach einer Weile sagte sie mehr zu sich, als zu Jo, „schon komisch deine Familie. Dabei hatte dein Vater viele Erfolge mit der Entwicklung eines Tragflächenbootes in der DDR".

Nach einer längeren Pause, in der Jo den Wein seiner Nachbarin nachschenkte, und Sveta ihren vierzigjährigen Körper, der durch Sport und Ernährung wie zwanzig aussah, präsentierte, bekannte sie ehrlich, „ich will ein Kind von dir".

„Warum?", fragte Jo spontan, nicht begreifend, was ihre Aussage bedeutete.

„Ich habe mich entschlossen".

„Aber ich bin alt und arm", Jo war ehrlich.

„Du bist ein Mann aus Deutschland", bekannte Sveta, „du musst für unser Kind zahlen, oder der deutsche Staat".

Jo verschwieg ihr, dass ein Urologe seine Samenstränge abgebunden hatte. Er erlebte ihre stark trainierte Beckenmuskulatur.

In Amsterdam absolvierten sie die touristische „Grachtenfahrt". Sveta fotografierte viele der angepriesenen Sehenswürdigkeiten. Jo freute sich über die hübschen, jungen negroiden Frauen, die scheinbar überall waren.

Sie aßen nach einem Spaziergang durch die Souvenirläden eine Kleinigkeit und tranken in einem Cafe grünen Tee.

„Genauso haben mir meine Bekannten Amsterdam beschrieben". Sveta war zufrieden,

„hier kann man Drogen ganz legal kaufen, oder?"

„Davon habe ich auch gehört", antwortete Jo vorsichtig. Dann versuchte er das Thema zu wechseln und ergänzte ungeschickt, „berühmt sind auch die Discotheken hier".

„Gibt es dort Drogen?", fragte Sveta scheinheilig.

„Woher soll ich das wissen", antwortete Jo unwirsch, „das letzte Mal war ich in Holland mit meinen Eltern. Wir haben den ‚Keukenhof' besucht, Tulpenzwiebeln und billige Butter gekauft; es war vor Jahrzehnten".

„Bist du oft mit deinen Eltern verreist?".

„In meiner Jugend hin und wieder. Als ich älter wurde, war es aber nur noch Krampf. Irgendwann wurde ich erwachsen".

Sveta legte ihre Hand auf Jos.

„Ja, irgendwann werden wir alle erwachsen. Unsere Eltern werden dann unwichtiger. Mir ging es genauso. Meine Großmutter hat mir erzählt, dass mein Vater eine deutsche Frau sehr geliebt hat. Er war in Potsdam stationiert. Dann wurde er nach der ‚Wende' nach Vladiwostok versetzt. Er muss sie sehr geliebt haben. Ich hätte sie gerne mal besucht".

Sie schwieg und trank von ihrem Tee.

„Es gibt so viele menschliche Schicksale auf der Welt".

„Ja", antwortete Jo nachdenklich, „ich war früher oft bei meinen Verwandten in der DDR. Die Frau eines Cousins war immer bei mir. Wir haben uns geliebt. Dann starb sie plötzlich in einem Krankenhaus in Magdeburg. Zur Trauerfeier wurde ich nicht eingeladen. Ich erfuhr von ihrem Tod erst Monate später durch einen Brief meines Onkels".

Sveta streichelte ermunternd Jos Hand.

„Nach der ‚Wende' habe ich nur noch ein Mal meine Verwandten besucht. Es war, glaube ich, die ‚Jugendweihe' einer Nichte. Ich war überrascht, dass dieses DDR-Fest immer noch gefeiert wurde. Später am Abend wurde ich plötzlich von einigen Gästen beschimpft und gefragt, mit ‚welchem Recht ich denn bei dieser Feier anwesend sei'. Ich verstand das nicht. Dann kam der Cousin meiner Geliebten, die verstorben war, und lud mich zur Besichtigung des Weinkellers ein. Dabei stieß er mich unter Beschimpfungen fast eine Treppe hinunter. Mein ehemaliger Schulkamerad, Egon half mir aber.

Als ich wieder zur Feier zurückkehrte, wurde ich in eine Diskussion mit völlig fremden Männern verwickelt, die klären wollten, warum mein Vater ‚in den Westen gemacht hätte'. Dabei lächelten sie und eine Kellnerin schenkte uns unzählige Schnäpse ein. Mein Cousin erschien, entschuldige sich lange über sein unmögliches Verhalten und bot mir Muscheln in wieder benutzbaren Plastikgehäusen an.

Ich aß nur eine, oder auf Drängen zwei. Jedenfalls habe ich mich die halbe Nacht übergeben, bis nur noch Blut kam. Das kleine Bad sah schrecklich aus. Früh morgens wollte ich flüchten. Aber die Verteilerkappe des Motors meines Mercedes war gestohlen worden. Ich weiß bis heute nicht wie. Den Wagenschlüssel hatte ich immer in meiner Hosentasche. Warum machen Menschen so etwas?"

Sveta hatte während Jos Erzählung seine Hand fest umklammert. Das gab ihm Mut, über das Erfahrene zu berichten.

„Du hast mit seiner Frau eine Beziehung gehabt", antwortete sie mit fraulicher Logik.

„Aber er ist doch schwul! Sie und alle anderen haben das erzählt".

„Gerade deshalb", Sveta schüttelte ungläubig ihren Kopf über Jos Aussage, „bist du wirklich so naiv?".

Auf der Rückfahrt nach Bremen schlief Sveta neben ihm ein. „Bei Autofahrten kann ich nie schlafen. Ich bin der typische

Beifahrer, der in Gedanken immer mitfährt", hatte sie auf der Hinfahrt erzählt. Jetzt schlief sie doch. Aber vielleicht lag es auch an den Keksen, die Jo gekauft hatte. Sveta wollte alles erleben, was ihre Bekannten über Amsterdam erzählt hatten.

„Sind wir schon da?", Sveta war sofort aufgewacht, als Jo den Motor des Autos abgeschaltet hatte. Jo schleppte sich müde in seine Wohnung. Sveta war hellwach. Als Jo ihr eine gute Nacht wünschte und ins Bad ging, krabbelte sie in sein Bett. Sie war nach Deutschland gekommen, um schwanger zu werden.

„Jo, ich habe schon gedacht, dass es geklappt hat", Sveta klang enttäuscht, „aber trotz einer Woche Verzug, habe ich doch meine Blutungen bekommen".

Jo erzählte ihr von seinen abgebundenen Samenleitern, „wenn du unbedingt willst, kann ich es rückgängig machen".

„Nein, brauchst du nicht. Es war eine Chance. Ich schreibe dir ein Mail".

Jo las am Abend ihr Mail. Sie hatte eine Matrix entworfen. Links standen Begriffe wie Zuneigung, Liebe, Zärtlichkeit und Freundlichkeit. Waagerecht waren Bewertungen von eins bis sechs aufgeführt.

„Typisch ehemalige Mathe-Lehrerin", dachte

Jo. Dann erkante er schnell, dass er lediglich ein ‚Sehr gut' bei Freundlichkeit errungen hatte. Trotzdem entwickelte sich der Kontakt zu Sveta langfristig. Sie schrieb von ihren beruflichen Sorgen und ihren Problemen mit dem Vater ihres Sohnes, der in Belgien lebte.

Jo antwortete ihr offen, berichtete ihr über seine Sorgen und sandte ihr Blumen zum „Women´s-Day", ihrem Namenstag und Geburtstag.

Beide versuchten durch Smileys ihren Mails etwas Unverbindliches, Lustiges zu geben. Nach zwei Wochen ohne Antwort, ermahnten sie sich aber gegenseitig, Neuigkeiten auszutauschen.

Kristina

Sie führte Gleitmittel ein. Er nahm eine Silde-Tablette. Sie war streng katholisch, in Polen aufgewachsen. Ihr Mann, ein Klempner, hatte sie und ihren Sohn wegen einer jüngeren Polin verlassen.

„In der Hölle wird er seine Strafe erleiden", sagte sie oft, Gott ist gerecht".

Sie liebte körperliche Nähe, Berührungen, Streicheinheiten an empfindlichen Stellen und harten, plötzlichen unerwarteten Sex. Einigermaßen durchblutet klappte nur die

Einführung. Befriedigende Gefühle waren selten möglich, meist glaubhaft vorgetäuscht. Ihre Lebenserfahrung half ihnen.

Der kurze Sex sorgte für ihren glücklichen Schlaf. Mit über sechzig Jahren stöhnte sie glaubhaft für ihren Partner, wenn sie müde war oder kein Interesse spürte.

Sie küssten sich, umarmten einander, spürten ihre nackten Körper und waren zufrieden. Vertrautheit entstand, wurde zur Sucht, die beide erlebten.

Das Ritual endete mit schlaflosen Nächten, langem Gähnen und dem Zucken der körperlichen Extremitäten. Sie hörten das Schnarchen und Röcheln des Partners, liebten und hassten die Nachtgeräusche des Anderen im Bett. Trotzdem, es waren die schönsten Momente ihrer Partnerschaft.

Nein, das ist gelogen. Ihre lange Partnerschaft gab ihnen Zweisamkeit, Akzeptanz ihrer sozialen Umwelt, Streitkultur mit anschließender Hingabe, fast Aufopferung. War es doch Liebe?

Boris verwarf das Gefühl. Sie redete ununterbrochen über ihren katholischen Glauben. Es war nicht auszuhalten.

Tatiana

Boris fuhr mit dem alten BMW seiner verstorbenen Mutter betrunken an einen Baum. Er verlor das Straßenrennen mit seinen Freunden.

„Na, wieder ein Besoffener", hörte er, als sie ihn auf ein Krankenhausbett legten. Er wollte schreien: „keine Amputation! Meine Mutter ist die Tochter des berühmten russischen Generals ‚Suvorova'. Sie bezahlt alles".

Aber die Krankenschwester reagierte nicht, schob sein Bett in einen dunklen Raum und ließ ihn allein.

„Sie Schwein", hörte er in seinem Nebel, „pissen sie doch nicht ins Bett".

Jemand fummelte an seinem Geschlechtsorgan. Ein unangenehmes Gefühl, fast Schmerz, wurde ihm aufgezwungen.

Boris erwachte, die Sonne blendete seine Augen durch das offene Fenster. Er hörte Vögel und ein singendes Kind.

Er wollte sich im Bett aufrichten, aber plötzlich schmerzte ihn sein Pimmel. Er hob das Laken, das über ihm lag. Ein Plastikschlauch hing an ihm, an dessen Ende ein halbgefüllter Behälter mit gelb-rötlicher Flüssigkeit hing. Langsam begriff er, dass es sein Urin war.

Boris suchte den roten Klingelknopf an seinem Bett, um eine Krankenschwester anzufordern. Es gab keinen.

„Er rief laut: „Медсестра (Krankenschwester)".

Das Kind vor seinem Zimmer verstummte. Nichts anderes geschah.

Boris ärgerte sich, steigerte sich in Wut, „was für ein beschissenes Krankenhaus ist das".

Er schlief trotzdem ein und erlebte Alpträume. Ein chinesischer Arzt schnitt im lächelnd seinen Penis ab. „Keine Sorge, wächst wieder nach, wenn sie bezahlen können".

Seine Mutter, obwohl ihre Augen von ihrem Lieblingsarzt zugedrückt waren, schrie ihn an, „fahr schneller, ich bezahle alles".

Die herum liegenden blutenden Menschen, seine Fahrerflucht nach dem Autounfall vor Jahren und ihre vielen Beschimpfungen über seine Unfähigkeit, ohne sie ein vernünftiges Leben mit der Frau ihrer Wahl zu führen; seine Alpträume wollten nicht enden.

Boris spürte eine kalte Hand auf seiner Stirn.

„Warum schwitzen sie", hörte er eine weibliche Stimme, „sie haben kein Fieber".

„In welchem Krankenhaus bin ich?",

„Krankenhaus? Sie liegen in meinem Behandlungsraum, ich bin ein ‚хирург' (Feldscher)".

In der Stille der nächsten Minuten entleerte sie seinen Urinbeutel in der Toilette, überlegte, ob sie ihn wieder anschließen musste, unterließ es und befreite ihn von seinem Schlauch. Dabei lachte sie gnädig, „schön, dass sie dabei eine Erektion bekommen, das zeigt ihre wiederkehrende Gesundheit".

Boris begriff, dass er nicht amputiert sein konnte, keine schweren inneren Verletzungen bei seinem Autounfall bekommen hatte. Er war bei einer russischen Landärztin, die ihn versorgte. Erleichterung und Freude mischte sich mit Wissensdurst.

„Jemand hat vor meinem Fenster gesungen", hörte er sich fragen. Eigentlich interessierte ihn, wo er war.

„Meine Tochter singt gerne".

„Sie ruft mich an, wenn ein Verletzter bei mir aufwacht. Ich habe ein großes Gebiet mit Verletzten und Kranken".

Als er schwieg, ergänzte sie, „Mütterchen Russland ist groß. Der Mensch leidet und braucht Hilfe".

Boris wollte seine Genesung durch studierte Ärzte. Er verlangte sein Handy, um einen Krankenwagen anzufordern.

Sie lachte ihn aus.

„Bis zum nächsten Krankenhaus sind es über zweihundert Kilometer. Sie sind in meiner Verantwortung. Diesen Transport genehmige ich nicht".

Boris schwieg. Er sah ihre glitzernden Augen, die ihn freundlich, aber bestimmt anblickten.

„Sie sind eine schöne Frau", bemerkte er. Zaghaft lächelte er sie an. „Wie heißen sie?"

„Tatiana, meine Freunde nennen mich Taty".

„Ich bin ihr Freund", Boris grinste, „schließlich schlafe ich bei dir, Taty".

„Du liegst in einem Bett in meinem Haus", antwortete sie sofort und ergänzte nach einer kurzen Pause, „wenn du dich hier nicht benimmst, schließe ich dein Zimmer ab". Sie sagte es in einem freundlichen Tonfall. Aber Boris wurde wütend, niemand, schon gar nicht eine Frau, durfte ihn beleidigen. Er wollte barsch und hart reagieren, aber sie legte ihre kühle Hand auf seine Stirn.

„Bleibe ruhig, du musst nur einige Tage bei mir bleiben. Danach bist du wieder ein freier Mann, der sich sogar umbringen darf".

Boris fühlte sich plötzlich wohl. Ihre Hand lag wieder auf seiner Stirn, er fühlte sich angenehm, zufrieden und verstanden.

„Ich heiße Борис (Boris)". Er redete einfach los: „ich bin kein Säufer, der Autounfall lag an meinem alten Auto und den schlechten Straßen in Russland, die du kennst, ich lebe in der Wohnung meiner vor kurzem verstorbenen Mutter, die reich war, ihr Geld aber ihrem Arzt vererbt hat, ich glaubte, dass ich als guter Sohn, der immer für sie da war, erben würde, aber ich erhielt nichts, deswegen begann ich zu trinken und mit ihrem alten BMW Straßenrennen mit Freunden zu fahren".

Instinktiv ergriff er ihre weggezogene Hand und legte sie zurück auf seine Stirn. Dann schwieg er. „Boris", sagte sie leise, „ich weiß das alles aus den Unterlagen der ‚Auskunft'. Liest sich in deinem Arbeitsausweis etwas anders, andere Quellen über dich aus dem Internet sind von Menschen verfasst, die subjektiv sind. Ich danke dir für deine Ehrlichkeit".

Sie begann, seine Stirn zu streicheln.

Boris spielte mit der Tochter von Taty. Sie pflanzten Gemüse im kleinen Garten, ernteten Äpfel vom einzigen Baum und kämpften spielerisch, um Erfolge, die er für die achtjährige Tochter für wichtig hielt.

„Du behandelst Инна (Inna) wie einen Jungen.

Hättest du gerne ein männliches Kind?"

„Nein, ja, klar würde ich gerne ein Kind haben. Ich würde es erziehen, wie ich es kann".

„Du bist sehr empfindsam und lieb"

Boris starrte Taty an. Niemand hatte je so etwas zu ihm gesagt. Selbst seine geliebte Mutter hatte ihm nur Vorwürfe und Ermahnungen gegeben. Wenn er eigenständig handelte, weinte sie oft, weil er sie nicht lieben würde. Brauchte er Geld, nahm er es sich aus ihrer Börse. Sie weinte dann und er schwor bei allen russischen Heiligen, es nie wieder zu tun.

Sein Leben änderte sich abrupt, als er fast vierzig Jahre alt war. Seine Mutter starb in den Armen ihres Lieblingsarztes. Sofort ging er in die Küche, um Geld aus ihrem Portomanie zu nehmen. Es war die letzte Gabe, die er von seiner Mutter erhielt. Der Arzt erbte ihr Vermögen. Lediglich die Wohnung durfte er weiter nutzen.

Taty umarmte Boris, sie spürte seine Vergangenheit. Sie küsste ihn. Er entwand sich und Tränen rollten seine Wangen herunter.

„Bitte, ich habe nie mit einer richtigen Frau geschlafen. Meine Mutter küsste mich auf den Mund und suchte für mich проститутка (Prostituierte) aus, mit denen ich den von ihr bestimmten Sex haben durfte".

Taty musste lachen. Sie wusste, es war ein Fehler und würde Boris verletzen, aber sie konnte sich nicht beherrschen. Dieser Koloss von einem Mann war ein unmündiger Mensch, ein Kind geblieben, dank seiner Mutter.

Boris lebte seit vier Monaten bei Taty. Eines Morgens sagte sie beim Frühstück, „heute Abend will ich dich nicht mehr in meinem Haus sehen".
Er starrte sie an:„Warum?"

„Ich habe das beschlossen und mit meiner Tochter besprochen. Sie hat dich gerne und geweint. Danke für deine Liebe, wenn sie ehrlich war".

Boris Temperament versuchte seinen Frust zu kompensieren. Er schlug auf sein Frühstücksbrett, das zerbrach, warf eine Hälfte durch das kleine Fenster der Küche, das zerbrach, und schrie: „du ekelige Hure hast mich nur ausgenutzt".

Er griff nach dem Brotmesser. Sie war schneller, zog einen Revolver aus ihrer Küchenschürze.

„Bleibe ruhig, mein Boris, sonst bist du nach deinem Straßenrennen mit Freunden doch gestorben! Verschwinde einfach, am Besten nach Europa, dort wirst du mit deinem Charakter gut aufgenommen".

Boris folgte ihrem Befehl. Er hasste die Zeit mit Taty, wie Adam, der aus dem Paradies von einer geliebten Frau vertrieben wurde

Tina

Das Lächeln von Tina erinnerte Jo an Natascha aus Kiew in der Ukraine. Natascha holte Jo am Flughafen ab. Jo erlebte die Kontrollen der örtlichen Behörden, wie er sie vor Jahren bei der Einreise in die DDR erlebt hatte. Auch in der Ukraine lächelten die Zollbeamtinnen, wenn sie ihn baten seinen Koffer zu öffnen. In der Nähe standen Uniformierte mit einer Kalaschnikow.

Jo bestieg mit ihr das Taxi zum Hotel. Der Fahrer sprach fließend die deutsche Sprache, sie nur teilweise mit vielen Verständnisproblemen, die der Fahrer übersetzte.

Aber ihr Lächeln zeigte ihm, warum sie eine bessere Position besaß. Ihre leicht schrägen Augen strahlten ihn an, als wäre sie Eva, die Adam im „Garten Eden" verführen wollte.

Jo glaubte, sie umarmen und küssen, an sich pressen und eine Nacht mit ihr verbringen zu können. Diese Signale strahlte ihr zartes Gesicht mit den großen schwarzen Augen aus, die glitzerten, als wäre alles schon geschehen.

Der Fahrer brachte Jos Koffer in das Hotel. Natasha war nur das Empfangspersonal vom Flughafen bis zum Hotel.

Tina strahlte Jo intensiv an, ihre Augen waren dunkel mit großen Pupillen. Sie sollte jetzt bei der Agentur des ADAC seine Chefin sein. Jo bestieg ihr Cabrio an einer Raststätte, an der sie sich trafen, um in Emden neue Mitglieder für den Verkehrsclub zu werben. Ein ungewöhnlich warmer Sommertag herrschte in Norddeutschland.

„Am liebsten würde ich mit dir zur Nordsee fahren", sagte sie, als er einstieg und seine kleine Tasche auf die Rückbank ihres Autos warf.

„Das wäre toll!", antwortete Jopflichtgemäß.

„Bilde dir nichts ein", ergänzte sie, „weil du mit mir fahren kannst. Andere fahren mit dem Zug aus NRW nach Emden, um die Chance zu haben, Geld zu verdienen".

„Na, da danke ich dir für deine Freundlichkeit".

„Schon in Ordnung. Du scheinst Potential zu haben".

Sie lächelte wie Natasha und ergänzte, „schaun wir mal".

Tina fuhr schnell und sorglos. Aber diese Autobahn war in Jos Augen überflüssig. Es gab nie Staus, geschweige viel Verkehr auf der Gegenfahrbahn der zweispurigen Autobahn. Lediglich riesige Windtürme waren zu bewundern, meistens abgeschaltet. Ihre Energie war überflüssig. Es gab in Europa keine Energiewende zur Naturkraft, nur Atomkraftwerke, die angeblich preiswerteren Strom lieferten.

Tina hielt an einem Rastplatz. Sie stieg aus und Jo bemerkte ihre langen schlanken Beine, die sie mit ihrem an der Vorderseite geschickt geschnittenen Rock darstellen konnte.

„Wir müssen uns umziehen", befahl sie, „du musst dein ADAC T-Shirt anziehen".

Sie warf es ihm zu. Jo genierte sich, sein Hemd auszuziehen, obwohl er ein weißes Unterhemd trug.

Tina trug einen knappen String unter ihrem Rock und zog ihre weiße Bluse aus. Jo erkannte ihre Jugend. Sie streifte ihre ADAC-Kleidung über und Jo ein viel zu enges T-Shirt.

„Du siehst besser aus, als ich dachte", bemerkte sie, bereits im Auto sitzend.

Tinas Interesse an Personen endete sofort, wenn sie einen Vertrag unterschrieben. Jo mochte Tina. Sie war direkt, wusste, was sie wollte.

Um drei Uhr nachmittags erschien Tinas Chef mit zwei jungen Leuten zur Ablösung. Tina berichtete über die Verkaufserlebnisse mit Jo.

„Ich habe fast zwanzig neue Verträge erreicht", erzählte sie stolz, „Jo hat mir sehr geholfen".

Jo schwieg. Er sprach die Menschen am Stand vor dem Media Markt in Emden an, „haben sie einen Trecker?" fragte er und „wie alt ist ihr Auto?".

Viele antworteten nicht, gingen weiter. Einige verharrten nur für eine Sekunde. Jo sah es an den Augen der Menschen. Sie waren dumpf oder öffneten sich für eine Sekunde.

„Heute können sie ein Jahr Mitgliedschaft ohne Geld beim ADAC gewinnen!", versprach er, obwohl es gelogen war. Die Verlosung ergab einen Einkaufsgutschein von fünfzig Euro für den Media Markt. Die Mitgliedschaft im ADAC kostete im ersten Jahr achtundvierzig Euro.

„Ich habe einen neuen Traktor geleast", kam als Antwort oder „mein Golf springt immer an".

„Toll, aber wer hilft ihnen kostenlos, wenn es Probleme gibt?".

„Ihre Werkstatt mit einer Rechnung, ihr Nachbar, wenn er Zeit hat, oder der ADAC sofort und kostenlos?".

Tina mochte Jo. Er interessierte Menschen für ihr Produkt. Sie erreichte mit ihrem Charme Unterschriften für ihre Abrechnungen und Verkaufsstatistiken.

„Meine hübsche Kollegin ist seit Jahren die Expertin für ADAC-Hilfen. Sie wird ihnen helfen, Kosten zu sparen", hörte sie, wenn Jo ihr potenzielle Kunden brachte.

Tina und Jo lachten viel an diesem Vormittag in Emden.

In ihrer verspäteten Mittagspause gingen sie hinter das Gebäude des Media Marktes. Sie wollten keinen Kaffee trinken, es war zu heiß in diesem Sommer in Norddeutschland.

„Mein Körper braucht dich", sagte sie.

Er antwortete nicht, sah ihren rasierten Unterleib und spürte seine Begierde.

Das intensive Hupen eines Lieferanten störte sie nicht.

„Ich will mehr von dir", stöhnte Tina. „Du bist mein Traummann".

Jo hatte keinen Orgasmus. Tina vielleicht auch nicht, er war sich nicht sicher, er wollte jetzt doch einen Kaffee. Aber Tina wollte

Streicheleinheiten, die er gab, weil sie seine Finger führte.

„Nein, so einfach kannst du mich nicht verlassen.". Jo sah ihre nackten vollen Brüste, als sie sich über ihn beugte.

Sie küsste ihn feucht. Ihre nasse Zunge und ihr Speichel drangen in seinen Mund. Jo empfand Ekel.

„Sie verdient an mir", dachte er, „und jetzt hasse ich ihre Küsse".

Tina und Jo trafen sich nie wieder. Es war eine Episode, die als aufregend in seiner Erinnerung blieb.

Ramkumari

Dieter arbeitete für einen Immobilienkonzern. Er bekam einen Auftrag in Belgien. Einen Tag später landete er in Brüssel. Ein Taxi brachte ihn zur Zentrale des belgischen Tochterunternehmens.

Dieter starrt ungeniert auf die schlanken, langen Beine seiner Gesprächspartnerin. Sie hatten in einer bequemen Leder-Sitzecke Platz genommen. Ihr kurzer, enger Rock war beim

Sitzen nach oben gerutscht.

„Ich bin hier die Assistentin des Direktors". Ihre Aussprache hatte einen starken Akzent, „wir haben hier dreißig Mitarbeiter. Die Leiter werde ich ihnen vorstellen".

Am zweiten Tag in Brüssel traf Dieter den Direktor. Ein junger, großer Mann, den er noch aus Frankfurt kannte.

Mit breitem Lächeln begrüßte er Dieter: „Ich trete ihnen meine Assistentin für eine Woche ab. Sie kennt das Unternehmen fast besser als ich. Meine Aufgabe ist es, vor allem den Verkauf zu steuern und mit Kunden zu sprechen. Deswegen habe ich leider keine Zeit für sie. Am Freitag treffen wir uns dann zum Abschlussgespräch".

Trotzdem stellte ihm Dieter die üblichen Fragen, wurde aber konsequent auf die Assistentin verwiesen.

„Fragen sie Ramkumari", war die Standardantwort. Entweder fand er es unter seiner Würde mit Dieter zu sprechen, oder er wollte eine Schuldige haben, wenn Unregelmäßigkeiten entdeckt wurden.

„Ich lade sie heute zum Essen ein", schloss er

abrupt das Gespräch, „um vierzehn Uhr. Meine Assistentin wird sie begleiten".

Um kurz vor zwei klopfte Ramkumari an die Tür des Büros, das Dieter zugewiesen worden war.

„Wir können jetzt gehen". Sie lächelte ihn freundlich an.

„Ich komme gleich", erwiderte er kühl. Sie sollte nicht denken, dass er sofort aufsprang, nur weil der Direktor zum Essen gebeten hatte.

Fünf Minuten später zog Dieter seine Jacke an und ging zu Ramkumari. Sie saß gelangweilt an ihrem Schreibtisch und feilte sich ihre langen Fingernägel. Auf seinen überraschten Blick antwortete sie mit einem spöttischen Augenaufschlag und legte extrem langsam die Nagelfeile in ihren Schreibtisch.

Die Wahl des Restaurants sollte beeindrucken. Die belgische Küche ist schmackhaft, aber teuer, wenn sie sehr gut ist. Dieses Restaurant war so exklusiv, dass nur wenige Gäste zur Mittagszeit anwesend waren. Nach frischen Austern als Vorspeise, gab es Lobster. Anschließend Obst und Käse, sowie zum Dessert ein Potpourri aus Eis und südländischen Früchten. Dazu wurde ein hervorragender Weißwein serviert.

Der Direktor hatte einen guten Kunden eingeladen, mit dem er sich über gemeinsame Hobbys und die aktuelle wirtschaftliche Situation in Europa unterhielt.

„Geschickt ist der Direktor", dachte Dieter. Im Beisein eines Kunden konnte er keine Fragen zur Situation der Tochtergesellschaft stellen. Dieter unterhielt sich überwiegend mit Ramkumari, erfuhr, dass sie mit einem ägyptischen Studenten zusammenlebte, den sie bald heiraten würde, gerne tanzte und Sonne und Wärme liebte. Sie verabredeten sich für den nächsten Tag zu einer Rundfahrt zu den belgischen Niederlassungen.

Nach dem gemeinsamen Essen verabschiedeten sie sich, und Dieter ging direkt in sein Hotel, da es schon achtzehn Uhr war.

Er legte sich auf das Bett und überlegte, welche Strategie er anwenden sollte.

Dann fielen ihm die Beine von Ramkumari ein. In seinen Gedanken sah er ihre Gestalt wie in einem Film, der bei den Füßen begann und bei den Kopfhaaren endete. Über ihre schlanken Beine kam eine kräftige Hüfte, die durch eine sehr schmale Taille betont wurde. Ihr Busen schien von einem Push-Up gestützt zu sein, da er üppig und aufrecht von ihrer Bluse verdeckt wurde. Ihr schlanker Hals trug ein Gesicht mit vollem Mund, gerader Nase und großen dunklen Augen. Sie musste gekräuseltes, schwarzes Haar haben, das Dieter nur hochgebunden gesehen hatte. Ihre Haut war hellbraun. Sie strahlte ein negroides Flair aus. „Ein Kind von weißen und dunkelhäutigen Eltern", dachte er.

Am nächsten Morgen holte Ramkumari Dieter mit dem Dienstwagen vom Hotel ab. Es war ein großer BMW mit verdunkelten Scheiben. Sie fuhren zu den belgischen Niederlassungen. Die letzte lag an der Atlantikküste. Ramkumari trug wieder einen engen, kurzen Rock, der ihr beim Autofahren sehr hoch rutschte.

Die eintönige belgische Landschaft flog langsam vorbei. Die Küste war über eine Stunde von Brüssel entfernt. Ramkumari fuhr sehr vorsichtig.

„Persönlich fahre ich einen R4", erzählte sie.

„Habe ich auch lange Zeit gefahren", antwortete Dieter, „ein tolles Auto mit einer ungewöhnlichen aber sehr schnellen Schaltung".

„Meinen Renault habe ich ‚Marie' getauft".

„Dann ist dein Auto weiblich?". Sie hatten am Anfang der Fahrt die unpersönliche Anrede der Deutschen abgelegt.

„Selbstverständlich! Es ist mein Auto", Ramkumari lächelte Dieter an. Er bekam feuchte Hände bei ihrem Blick.

Auch die Niederlassung an der Küste war für Dieter eine einzige Enttäuschung. Kleine, dunkle Räume mit einem Mobiliar, das in Deutschland selbst beim Sperrmüll keine Abnehmer gefunden hätte. Ein dicker, schwitzender Leiter und seine verängstigte Mitarbeiter zeigten keinerlei adäquate Technik und Internetanschlüsse. Hier wurde nur mit dem Telefon und handschriftlichen Aufzeichnungen gearbeitet. Eine wirkliche Kontrolle der Verkaufs- und Ergebniszahlen waren vom Wohlwollen des Niederlassungsleiters abhängig.

Zum Mittagessen lud Ramkumari in ein touristisches Lokal mit Blick auf den Ärmelkanal ein. Sie bestellten Miesmuscheln, die hervorragend frisch zubereitet wurden. Sie bestellte einen guten Weißwein und schenkte Dieter fleißig nach.

„Ich kann nur ein Glas trinken", begründete sie, „du musst doch sicher und unverletzt nach Brüssel zurück".

Dabei sah sie ihm schon wieder tief in die Augen. Dieter vertrug nachmittags keinen

Wein, er machte ihn schläfrig und unkonzentriert. Trotzdem bezahlte Ramkumari zwei Flaschen Weißwein, als sie die Rechnung des Mittagessens verlangte.

Davor sprachen sie lange über das gemeinsame Unternehmen. Dieter erzählte viel und einige geheime Informationen, um sich wichtig erscheinen zu lassen, aber er empfand ihren Fuß an seinem Bein als sehr erregend und als sie ihre Hand auf seine legte, hatte er kühne Pläne.

Im Auto schlief er ein und wurde von ihr erst am Hotel geweckt. Mit schlechtem Geschmack im Mund und Enttäuschung über sich selbst verabschiedete er sich, „tut mir leid, dass ich eingeschlafen bin. Ich kann tagsüber keinen Alkohol vertragen".

„Keine Sorge, ich erzähle es niemanden. Aber es ist schade, dass wir uns nicht näher gekommen sind", sie lächelte ihn heraus fordernd an.

Dieter stieg aus, schlug die Wagentür zu und schwankte in sein Hotelzimmer.

Um zehn Uhr abends wurde er durch das Klingeln seines Telefons geweckt, „hast du Lust mit mir in ein Variete zu gehen?". Ihre Stimme klang hellwach.

„Selbstverständlich gerne", log er, „ich langweile mich im Hotel".

Ich bin in einer halben Stunde beim Empfang deines Hotels. Bis gleich".

Dieter sprang aus seinem Bett. Er duschte sich ausgiebig, vor allem zum Abschluss kalt, und zog sich schnell an. Trotzdem rief die Rezeption bei ihm an, dass eine junge Dame auf ihn warten würde.

„Schön, dass Du Zeit für mich hast". Ramkumari trug hochgesteckte Locken und ein knielanges Kleid, das sie sehr umsichtig ausgesucht hatte. Sie erschien schlanker und femininer als bei der Arbeit. Dieter empfand Freude und Stolz, mit ihr ausgehen zu können.

Das Varietee entpuppte sich als Stripteaselokal. Aber es waren keine billigen, Sex betonten Darstellungen, sondern hübsche, junge Frauen mit Idealmaßen, die mit choreografischen, intensiv eingeübten Darstellungen die Zuschauer faszinierten.

Bei einer Flasche Sekt erklärte Ramkumari, „das belgische Fernsehen war schon hier. Es ist ein Geheimtipp von Brüssel".

Nur in den Pausen der Vorstellungen, in denen die aktuellen Hits leise zu hören waren, konnte sie sich unterhalten. Während der Darbietungen war die Musik sehr laut und die Konzentration der Menschen an den vollbesetzten Tischen zwangsläufig nicht auf den Tischnachbarn gerichtet. Die Vorstellungen der nackten Schönheiten waren zu eindrucksvoll.

Ramkumari setzte sich nach einer halben Stunde neben Dieter, damit sie sich wenigstens einige Worte während der Darbietungen in ihre Ohren schreien konnten. Dazu kam der Sekt, der körperliche Nähe forderte. Dieter wurde vorsichtig und bestellte einen Löffel, damit er die Kohlensäure aus dem Sekt rühren konnte. Das verringerte die Rauschwirkung, hatte er irgendwo gelesen.

Um drei Uhr nachts endeten die Vorführungen der schönen Frauen. Wer wollte, konnte noch mit den Darstellerinnen tanzen. Da Ramkumari auf der Toilette war, tanzte Dieter mit einer nackten Schönheit. Aber nur kurz, Ramkumari kam zurück.

„Kann man dich nicht eine Minute aus den Augen lassen! Schon treibst du Unsinn", sie sagte es lachend und zog ihn zum Ausgang.

Der Kellner eilte ihnen nach und Dieter bezahlte die geforderte Summe, da er annahm, dass Ramkumari erhebliche Schwierigkeiten haben würde, diese Summe bei der Firma abzurechnen.

Im Hotel gingen sie Hand in Hand am Portier vorbei, der ihnen freundlich lächelnd den

Zimmerschlüssel gab. Dieter war sterbensmüde. Aber als er erkannte, dass Ramkumari keine Unterwäsche trug, kam sofort Leben in ihn zurück.

Als Dieter übermüdet um zehn Uhr im Büro der Tochtergesellschaft erschien, erfuhr er, dass Ramkumari krank war. In Deutschland hätte er auch weiter geschlafen. Er konnte sie gut verstehen. Bereits um elf Uhr rief sie ihn an.

„Hast du Lust, am Wochenende mit mir in ein Ferienhaus am Meer zu fahren", fragte sie direkt: „Ich kann sehr gut kochen. Das Haus gehört dem Vater meiner Freundin. Bitte, nehme dir die Zeit".

„Am Wochenende?", Dieter überlegte nur kurz, „gerne, kommst du vorher nicht mehr in das Büro?".

„Nein, niemand würde mir meine Krankheit glauben, wenn ich nach einem Tag wieder im Büro bin!".

„Wo treffen wir uns?", Dieter war sich unsicher, ob er diese Intensität der Beziehung wollte.

„Ich rufe dich wieder an", sie legte auf.

Am Freitagnachmittag berichtete Dieter

dem Direktor der Tochtergesellschaft nur einen Zwischenstand seiner Analyse des Unternehmens. Überraschend gab es weder Fragen noch Anmerkungen.

Bereits am Abend vorher hatte Dieter seinem Geschäftsführer in Bremen angerufen und von dem desolaten Zustand der Tochtergesellschaft berichtet.

„Mensch, beim besten Willen, so geht es nicht", kam als Antwort: „Ich habe auch meine Informanten. Der Direktor hat sich beschwert, dass sie ein Verhältnis mit seiner Assistentin haben. Sind sie denn völlig ausgerastet? Er will, dass sie sofort abreisen. Verstehen sie, sie ist seine Geliebte".

„Ich kann sehr gut zwischen privaten und Firmeninteressen unterscheiden", entgegnete Dieter gelassen, „ich kenne den Leiter noch aus Frankfurt, als er als Trainee auf Wunsch seines Vaters, dem deutschen Manager der IATA, eingestellt wurde. Seitdem haben wir großen Einfluss auf die Airlines. Das erspart eine Bankbürgschaft und Zinsen bei der Abrechnung".

Dieter kämpfte nicht um das Wochenende mit Ramkumari. Er erlitt Alpträume wenn er an seine Abrechnungen mit der Firma dachte. Irgendetwas musste geschehen, damit er nicht in die Fänge der Revision geriet.

„Maximal noch eine Woche", ergänzte sein

Chef, „dann will ich Fakten und Zahlen, um das Engagement des Vorstandes in Belgien beenden zu können. Ich verlasse mich auf sie".

Das Wochenende im Ferienhaus an der belgischen Küste belohnte Dieter für seinen Einsatz, länger in Belgien zu bleiben. Im Winter beim Kaminfeuer zu träumen, einen jungen, hübschen Körper zu spüren, gute belgische Nationalgerichte zu essen und angeschmiegt am sandigen Strand spazieren zu gehen, bevor die wohlige Wärme des Ferienhauses eine glückliche Vereinigung von Liebenden ermöglichte, das waren Momente voller Zufriedenheit und Glück für ihn.

Am Sonntagabend packten sie ihre wärmenden Kleidungsstücke ein und brachen nach Brüssel auf. Der betagte R4 von Ramkumari sprang trotz eisiger Kälte sofort an.

„Sie ist wie ich", sagte sie, „bei der richtigen Zündung komme ich sofort". Dabei lachte sie Dieter an.

Aus den Personalakten der Tochtergesellschaften erfuhr Dieter, dass seine Geliebte am Donnerstag Geburtstag hatte. Er entschloss, genau an diesem Tag abzureisen. Er bildete sich ein, Ramkumari dadurch auf ihre Zuverlässigkeit prüfen zu können.

Kurz vor seiner Abreise holte er einen riesigen Strauß roter Rosen von einem nahe liegenden Floristen. Er überreichte ihn vor den Augen des Direktors und einiger Angestellten an sie. Der Eklat war perfekt. Dieter war sich sicher, dass der Direktor ihn spätestens jetzt hassen würde. Aber wichtiger war ihm die Reaktion des Geburtstagskindes.

Sie erröte. Dann entschied sie sich für Dieter, „schade, dass du heute abreisen musst", sagte sie mit fraulicher Logik, „so einen schönen Strauß Rosen habe ich noch nie zum Geburts- tag bekommen. Danke!".

Dabei küsste sie Dieter auf beide Wangen. Sie hatte Stellung bezogen.

„**Du** musst raten, wie viele Streichhölzer dein Gegenspieler in der Hand hat. Er rät auch deine. Wer der gesamten Zahl am nächs- ten kommt gewinnt".

„Aber vergiss nicht, wir spielen hier mit unse- ren Kunden. Gewinne also nicht zu oft", füg- te der Direktor der österreichischen Tochter- gesellschaft hinzu. Aber Dieter gewann bei diesem Spiel nie.

Es war der erste Nachmittag in Wien. Nach dem Mittagessen war der Direktor mit Dieter in eine Bar gegangen. Dieter wurde mehreren Männern vorgestellt, die alle gute Kunden der Firma waren. „Hier in Wien läuft alles anders, als in Deutschland", hatte der Direktor erklärt: „Der menschliche Kontakt ist entscheidend".

Gegen Abend erinnerte sich Dieter, dass Ramkumari schon eingetroffen sein musste. Er verabschiedete sich schnell und rannte zum Bürohaus. Auf der Treppe vor der Tür saß Ramkumari.

„Wo warst du denn?", fragte sie ihn böse, „Ich sitze hier schon eine halbe Stunde vor der abgeschlossenen Tür. Niemand ist mehr da. Sogar mit meinem Fuß habe ich gegen die Tür getreten".

„Entschuldige bitte", Dieter nahm sie in den Arm und küsste ihre Wangen. „Beim nächsten Mal verabreden wir uns direkt im Hotel. Dann kann so etwas nicht wieder passieren".

Mit dem Taxi fuhren sie zum Hotel. Es war in Absprache mit Dieter ein hochwertiges Wiener Hotel.

In den folgenden vier Tagen arbeitete Dieter nur vormittags. Der Direktor hatte nachmittags regelmäßig Kundenbesuche vereinbart, wie er Dieter mitteilte. Außerdem nannte er ihm die Lokale und Sehenswürdigkeiten, die Dieter unbedingt besuchen müsste.

Dieter mietete eine lange „Hochzeitslimousine" für sich und Ramkumari.

„Darf ich dich Anusha nennen?", fragte er.

Sie lachte ihn an, „ich bleibe trotzdem ich".

Dann fuhren sie zu den Kirchen, in denen beide Kerzen für die Lebenden und Verstorbenen anzündeten. Selbstverständlich besuchten sie den ‚Prater' und fuhren Riesenrad. Dabei erfuhr Dieter, dass seine Geliebte Höhenängste in offenen Kabinen hatte. Sie schmiegte sich Hilfe suchend an ihn. Das half ihm, seine eigenen Höhenängste zu überwinden.

Bevor Dieter sich mit Anusha in Madrid verabredeten konnte, bat sie ihn um einen gemeinsamen Kurzurlaub an der Nordsee.

„Aber im Februar ist es kalt und meist regnerisch an der Nordsee", hatte er entgegnet.

„Bitte, es ist mein wirklicher Wunsch!".

Dieter verlegte seinen Besuch in Madrid.

Auf Wangerooge, dem von Dieter ausgewähltem Ort zum Kennen lernen der Nordsee, rutsche Anusha auf dem gefrorenen Weg zum Hotel aus. Sie rammte sich den spitzen Hacken ihres Schuhes in das linke Bein. Es blutete stark. Sie lehnte aber jegliche ärztliche Versorgung strikt ab.

Das fast leere Hotel, Dieter zählte nur vier weitere Paare beim Frühstück, der Nebel, der nur vom Regen unterbrochen wurde, ermunterte beide nach drei Tagen, ihren Urlaub abzubrechen. Sie waren zwar durch die Sonnenbänke im Hallenbad braun geworden, doch jeder Spaziergang musste wegen der Nässe und dem peitschenden Wind abgebrochen werden. Wenn es nicht regnete, schaffte der dicke Nebel eine beängstigende Atmosphäre.

„Meine Schwester ist verreist", schlug Dieter vor, „sie hat ein gemütliches Haus in Worpswede, das ist in der Nähe von Bremen. Lass uns dort hinfahren".

Anusha willigte dankbar ein.

Kurz vor der Abfahrt der Fähre zum Festland kaufte Dieter aus Langeweile einen Ring bei einem Juwelier für Anusha. Sie war darüber sehr glücklich. Hand in Hand gingen sie zum Anleger der Fähre. Da wieder Nebel herrschte fuhr das Schiff mehrfach auf kleine Sandbänke oder an die Ränder der Fahrrinne. Die Überfahrt zum Festland dauerte erheblich länger, als geplant.

Nach mehreren Stunden Autofahrt erreichte sie den Bungalow der Schwester von Dieter in Worpswede. Anusha bewunderte den gediegenen Luxus des Hauses und Jo entzündete den Kamin. Sie ging in die Küche und versuchte, aus den Vorräten ein Essen zu bereiten.

„Es ist ein Nationalgericht", erklärte sie stolz.

„Alle wesentlichen Zutaten waren da", ergänzte sie, „es fehlen nur einige Gewürze, die deine Schwester wohl nicht benutzt".

Dieter genoss ihren Eintopf, obwohl er nach der langen Fahrt müde war. Folgerichtig beschwerte sich Anusha nach dem Liebesspiel vor dem Kamin. „Ein bisschen länger und mehr Ausdauer von dir wäre auch schön gewesen".

Später, als sie eine Flasche Wein geöffnet hatten und nackt auf der Couch von Dieters Schwester saßen, nahm Anusha ihn in ihre Arme, drückte ihn fest an sich, küsste ihn lieb auf den Mund und sagte ihm unter dem gemütlich prasselnden Geräusch der verbrennenden Holzscheide im Kamin:

„Ich bekomme ein Kind. Es ist selbstverständlich von meinem indischen Freund. Wir waren zwar selten zusammen, weil er viel trinkt, aber ich habe beschlossen, ihn zu heiraten. Also ist es sein Kind".

Dieter erstarrte.

„Du musst mich verstehen". Anusha streichelt seine Hände.

„Du bist verheiratet und hast Kinder. Er ist Arzt und wird viel verdienen. Du weißt, wie ich Sonne und Wärme zum Leben brauche. Wir werden bald heiraten und nach Sri Lanka fahren. Dort hat er eine Anstellung im Krankenhaus".

Sie schwieg und Dieter wusste nicht, was er sagen könnte. Dann brachte Anusha noch ein Argument, „meine Mutter hat mich vor euch Deutschen gewarnt. Ihr seid so anders im Charakter, aber auch verführerisch".

„Trotzdem habe ich die Zeit mit dir sehr genossen", ergänzte sie nach einer weiteren Pause.

Dieter erwachte aus seiner Starre. „Was ist, wenn das Kind von mir ist?".

Anusha antwortete nicht. Sie stand auf und fotografierte sich und ihn vor dem Kamin mit dem Selbstauslöser ihrer Kamera.

Kindliche Liebe

Jasmin

*"Das Licht der Hoffnung spiegelt sich
in den Augen der Kinder
und zeigt die Zukunft
unserer und ihrer".*

„Jim Knopf", sagte sie leise und lächelte. Er half ihr in den Kleinbus der Malteser und schnallte ihr den Sicherheitsgurt an. Sein Kollege schloss die Tür und fuhr zum nächsten Kind, das zur Schule gefahren werden musste.

Laut Anstellungsvertrag war eine katholische Lebensform erforderlich und gemäß schriftlicher Vorgabe des Fahrdienstes waren die bezahlten Zeiten der Touren vorgegeben. Die morgendliche Tour des Fahrers und Begleiters hatte neunzig Minuten zu dauern. Dafür erhielten sie einen Stundenlohn von sieben Euro.

„Lukas", sagte Jasmin als Jo neben ihr saß. Er hatte lange gebraucht, ihre Sprache zu verstehen. Nach zwei Wochen konnte er ihre Laute deuten. In den fünf Minuten am Morgen neben Jasmin sitzend, deren Eltern sich gegen die Sitzordnung im Auto beschwert hatten, lernte er ihre Worte zu verstehen.

Sie wiederholte ihre Worte immer wieder, bis Jo sie richtig wiederholen konnte. Ihr strahlendes Lächeln, als er ihr erstes verstandenes Wort „Knopf" richtig sagte, verzauberte Jo.

Jeden Morgen lernte Jo ihre Sprache besser verstehen. Er erkannte, dass sie von „Jim Knopf und Lukas dem Lokomotivführer" begeistert war. Sie freute sich, wenn Jo einen neuen Begriff ihrer Sprachbemühungen verstand.

Nach fünf Wochen bekam Jo eine andere morgendliche Tour nach Bremen-Vegesack. Der Schreck jeden Begleiters saß im Bus. Er zerbrach die Brillen der neben ihm Sitzenden und schlug in die dünne Holzverkleidung der Busse Risse. Anton war pubertär und durfte nur neben einem Begleiter sitzen.

Jo handelte eigenmächtig. Er erkannte, dass Anton die Hand von Nicole suchte, wenn es Probleme gab. Anton beruhigte sich sofort. Als Dank wies Anton mehrfach Jo auf die notwenige Abnahme seiner Brille hin, bevor er den Kleinbus betrat. Anderen zerbrach er die Brille mit einer Schnelligkeit, die ihm keiner zutraute. Er war teilweise gelähmt und musste getragen werden.

Jo avancierte zum Fahrer und fuhr andere Touren mit Rollstuhlfahrern, schreienden und stillen Kindern, die ihre Tabletten geschluckt hatten, aggressiven Kindern und Eltern, die sich beschwerten, wenn er zwei Minuten zu spät kam. Alltag der Behindertenfahrer, die wussten, dass die kirchlichen oder sozialen Einrichtungen an jedem Kind und jeder Fahrt über hundert Euro verdienten.

„**H**eute haben sie ihre alte Tour", bestimmte der Fahrdienstleiter um sechs Uhr morgens und gab ihm den Schlüssel zu einem Kleinbus. Jo tauschte mit seinem Kollegen den Job als Fahrer und Begleiter. Er sah den Namen von Jasmin auf der Fahrtliste. Er freute sich, sie wieder zu sehen.

Jasmin freute sich nicht. Sie wollte nicht in den Bus einsteigen, klammerte sich an ihre Mutter, die sie im Van anschnallen musste. Jo setzte sich wie früher neben Jasmin und sagte lächelnd, „Jim Knopf".

Jasmin wendete ihren Knopf vom Fenster ab und sah Jo an. Dann spuckte sie ihm ins Gesicht.

Auf der Rückfahrt von der Schule setzte sich Jo neben Jasmin, als die anderen Kinder ausgestiegen waren. Wie immer fuhren sie einige Minuten in das Neubaugebiet in einen Bremer Vorort.

Jasmin blickte stur aus dem Autofenster. Jo schwieg. Plötzlich spürte Jo einen Stupser an seinem Arm. Er sah Jasmin an. Sie hatte Tränen in den Augen.

„Jim Knopf und Lukas", sagte Jo, etwas anderes viel ihm nicht ein. Ein flüchtiges Lächeln huschte über ihr Gesicht. Dann flossen ihre Tränen. Jo zog ein Papiertaschentuch aus seiner Jacke, bemerkte, dass es feucht von Jasmins Spucke war, fand kein frisches Tuch und gab ihr das beschmutzte. Sie steckte es wortlos und ungenutzt ein.

Der Van erreichte ihr Zuhause. Jo schob die Schiebetür auf. Jasmin blieb auf ihrem Sitz. Ihre Mutter ermunterte sie auszusteigen. Aber Jasmin schüttelte den Kopf.

„Ist etwas passiert", wurde Jo gefragt.
Er schüttelte den Kopf und sagte, „Jasmin hat geweint".
„Was?", Jasmins Mutter sah ihn ungläubig an, „meine Tochter weint nie".
„Was haben sie ihr angetan?"

Jo antwortete nicht, bestieg das Fahrzeug, nahm Jasmin auf die Arme und trug sie zu ihrer Mutter. Jasmin umklammerte mit ihren dünnen Armen seinen Hals. Er löste vorsichtig ihre Arme von seinem Hals und setzte sie vor ihrer Mutter auf die Straße. Jasmins Tränen flossen ohne Schluchzen.

„Sie verdammtes Schwein", hörte Jo ihre Mutter schreien, als er in den Van stieg.

Jo bekam am selben Tag seine fristlose Kündigung. Es war verboten, die Kinder ohne zwingenden Grund anzufassen.

Jo

Jo bekam eine chronische Leukämie. Sein Arzt sah ihn ernst an, „wir fangen mit täglich vier Chemotabletten an. Keine Angst, ihre Haare werden nicht ausfallen. Ihr Blutbild werden wir wöchentlich untersuchen".

Jo erstarrte. Er verstand nur Wortfetzen des Onkologen: „normale Lebenserwartung, gute Verträglichkeit und positives Denken", drangen an sein Ohr. Aber auch Einschränkungen durch die Nebenwirkungen der Tabletten seien möglich und der neue Arzttermin in einer Woche, verursachten ihm Ängste.

Jo lud seine sechs Kinder, seine zwei

Schwestern und diverse Bekannte per SMS zu seiner Geburtstagsfeier ein. Da er gerade einen Umzug in eine kleinere Wohnung vorbereitete, sollte die Feier bei seiner Mutter stattfinden.

Zwei seiner Kinder sagten sofort ab, da sie bereits andere Pläne hatten, oder nicht in Bremen waren. Drei weitere bedauerten, nicht dabei sein zu können, da bereits andere Einladungen vorlägen. Jo zeigte sich bereit, die Feier seines Geburtstages um einen Tag zu verschieben, aber die Angesprochenen blieben bei ihrer Ablehnung. Jo hatte mal wieder keine Lust, seinen Geburtstag zu feiern.

Am Morgen seines Geburtstages erhielt Jo von Nara eine Musik-CD und eine Flasche kirgisischen Weinbrand.

„Er ist sehr weich und angenehm zu trinken", erklärte Nara, „kein billiger Fusel".

Dann küsste sie Jo auf beide Wangen, schmiegte einen Augenblick ihren zarten Körper an ihn und lächelte ihn an.

„Nicht enttäuscht sein wegen heute Nachmittag. Du hast deine Familie und ich habe meine".

Danach frühstückten sie zusammen, unterhielten sich über ihren Tagesablauf und die Auswirkungen des Autounfalls in Bishkek.

Jo fuhr in seine Wohnung. Sein Anrufbeantworter blinkte und er hörte sich drei erboste Anrufer an, die ihn nach einem kurzen Glückwunsch beschimpften.

„Wo steckst du denn wieder. Nicht mal an deinem Geburtstag bist du zu Hause! Melde dich schnell". Jo rief nicht zurück.

Am frühen Nachmittag erschienen seine Kinder Mara und Kristian. Sie kamen direkt aus der Schule. Jo erhielt den gewünschten Nudelheber und drei Tafeln Schokolade. Er freute sich sehr. Um drei Uhr fuhr Jo mit den Kindern zu Anusha, die nach Bremen zurück gekehrt war. Die Feier sollte bei seiner Mutter stattfinden. Jo war gespannt auf die Reaktion seiner Kinder, sie sahen Anusha zum ersten Mal. Doch beide gaben nur ihre Hand zur Begrüßung und reagierten auch später mit keiner Silbe auf seine Freundin.

Seine älteren Kinder, Tom und Nina, kamen mit ihren Familien. Das Haus seiner Mutter war von Gesprächen und den vielen verschiedenen Kuchen gefüllt. Seine Schwester hatte noch zwei Kuchenplatten mit Apfel- und Pflaumenkuchen mitgebracht.

An diesem Nachmittag verstand sich Jo am besten mit Tom. Sie unterhielten sich über seinen Beruf und sein Hobby. Tom hatte mit zwei Freunden eine riesige Carrera-Bahn in seinem Keller aufgebaut.

Jo war überrascht, dass seine Kinder ihn nicht auf Anusha ansprachen. Ihr Desinteresse an ihr war selbst durch höfliche Fragen an sie, nicht zu übersehen. Selbst seine Schwester spielte lieber mit seinen drei Enkeln. Ihr Mann fragte höflich nach ihrer Herkunft. Dann beleidigte er sie unbewusst, als er fragte, ob sie Tamilin sei.

Anusha war so unglücklich, dass Jo um sechs Uhr sagte, er müsse aufbrechen. Seine Mutter und Kinder waren entsetzt. Sie waren doch extra aus Anlass seines Geburtstages gekommen und er verließ einfach seine Feier.

Mara und Kristian versteckten sich im Garten. Die Abfahrt verschob sich deshalb um eine halbe Stunde.

In Jos Wohnung spielten Mara und Kristian sofort wieder das Computerspiel „FIFA 2012". Notfalls wechselten sie zum Gegner und schossen Eigentore, damit sie nicht verloren. Jo setzte sich zu ihnen. Er fragte nicht, wie sie seine Freundin fänden. Er hatte Angst, eine schlechte Auskunft zu erhalten.

Als er seine Kinder um elf Uhr aufforderte in ihr Bett zu gehen, fingen sie an zu streiten. Kristian, schon im Schlafanzug, schubste seine Schwester aus seinem Zimmer. Sie wehrte sich. Dann knallte sie an den Türgriff und fing vor Schmerzen an zu weinen.

„Aber sie wollte einfach mein Zimmer nicht verlassen", entschuldigte sich Kristian bei Jo. Mara war in ihr Zimmer gerannt.

„Also ist sie doch selber schuld".

„Niemand ist hier schuldig", entgegnete Jo, „es war ein Zufall, der halt geschehen ist, mehr nicht".

Kristian legte sich in sein Bett und Jo legte sich neben ihn. Er wollte das Ritual des Einschlafens seines Sohnes nicht ändern.

Da er Mara immer noch aus ihrem Zimmer weinen hörte, stand er nach kurzer Zeit auf und ging zu ihr.

Jo setzte sich auf ihr Bett. Mara zog die Bettdecke über ihren Kopf. Trotzdem griff Jo unter die Decke und streichelte ihr die Stirn. Sehr lange. Ihr Weinen und Schluchzen wurde leiser. Jos Hand ermüdete. Er strich aber weiter beruhigend die Stirn seiner Tochter. Selbst als er keinen Ton mehr von ihr hörte, wagte er nicht aufzuhören.

Am nächsten Morgen beschwerte sich seine Tochter bei ihm, dass er nicht verhindert hätte, sie in ihren Anziehsachen einschlafen zu lassen.

Wie jeden Freitagabend kamen Mara und Kristian zum Übernachten zu Jo. Dieses Mal brachte Kristian seine Freundin mit. Sie spielten zu viert „Scotland Yard", aber der Agent verlor sehr schnell bei drei Gegenspielern. Sie entschlossen sich in Jos Wohnzimmer Fußball zu spielen. Blumen, Stühle und Tische wurden zur Seite geräumt und das kleine Tor vom Balkon in das Wohnzimmer gestellt. Die Strecke zwischen Tür und Wand auf der gegenüberliegenden Seite des Raumes bildete das zweite Tor. Ein Softball lag zum Anstoß bereit.

„Wer hat Anstoß?". Eine entscheidende Frage.

„Scheiß Schule". Bei jedem Wort setzten die Kontrahenten abwechselnd einen Fuß vor den anderen. Kristian konnte seinen Fuß am Ende der Auslosung nicht mehr vollständig vor den Fuß von Mara setzen.

„Wer spielt zusammen?". Die nächste, schwierig zu lösende Frage.

„Männer gegen Frauen", entschied Jo und schoss sofort ein Tor, das aber nicht anerkannt wurde.

Beim Kicken wurde viel erzählt. Mara berichtete von ihrer letzten Bio-Stunde. Drei Jungen und drei Mädchen mussten sich nach vorne setzen. Der Lehrer erklärte ihnen den Unterschied zwischen den Geschlechtern.

„Die Männer sitzen mit gespreizten Beinen, die Mädchen mit überschlagenen".

Das hatte seine Tochter beeindruckt. Jo erinnerte sich an Mark Twain, der den als Mädchen verkleideten Huck durch diese Reaktion entlarven ließ.

Langsam entwickelte sich das Fußballspiel in dem engen Zimmer zu einem Kampf. Es wurde geschubst, getreten und gefoult. Je mehr Jo dabei stöhnte, auf einem Bein humpelte und das Gesicht im Spaß schmerzhaft verzog, desto größer war das Lachen bei den Kindern. Selbst, wenn unverschuldet wirkliche Schmerzen entstanden, ordneten die Spieler sie der ausgelassenen Stimmung unter.

Im Laufe des Abends spielten alle drei Kinder mit Jo in einer „Mannschaft". Dabei verloren mehrere Blumen Blätter, eine Wanduhr fiel zerbrechend auf den Boden und ein Bild musste ohne Glas wieder an die Wand gehenkt werden. Sie spielten drei Stunden Fußball in einem schmalen, freigestellten Korridor eines höchstens dreißig Quadratmeter großen Zimmers, das vom Johlen, Lachen, klatschenden Händen beim erfolgreichen Torschuss und lauten Beschweren bei angeblicher Unfairness widerhallte.

Gegen Mitternacht beschwor Jo die Kinder ins Bett zu gehen. Kristian ging sofort müde mit seiner Freundin in sein Bett. Ertrug es sogar, dass sie noch ‚Harry Potter' zum Einschlafen hören wollte. Er grinste Jo mit verzerrter Mimik an.

Mara zeigte ihrem Vater auf ihrem neuen Notebook noch Szenen aus ihrem ‚SIMS-Spiel'. Jo schlief dabei fast ein. Seine Tochter klappte ihr Notebook aber erst nach fast einer Stunde zu, nachdem sie ausführlich über das Programm, ihre entworfenen Figuren und Lebensumstände und die Pläne ihrer Gestalten berichtet hatte. Jo konnte danach auf die Wohnzimmer-Couch flüchten und endlich schlafen.

Jo saß auf der kleinen Veranda des Apartments 5616, einem Eckhaus am Rande des weitläufigen IBEROSTAR Hotels in Cala Barca. Es war in diesem Jahr der dritte Urlaub in dieser Anlage mit seinen Kindern. Jo hatte sich einen ‚Brandy grande' aus der nahen Bar geholt. Dankbar hatte er ein Wasserglas, gefüllte mit ‚Osborne', erhalten; nicht den üblichen preiswerten Brandy. Er steckte sich eine „Fortuna" Zigarette an.

Zufrieden streckte er seine Füße auf dem kleinen weißen Tisch aus. Seine Kinder waren nach einem turbulenten Tag schneller als üblich eingeschlafen.

Jo lächelte, als er sich an den Tag erinnerte. Sie waren früh aufgestanden, da der Tauchgang der Kinder im Mittelmeer um halb zehn Uhr beginnen sollte. Vorher musste ausgiebig das umfangreiche Frühstücksbüfett genossen werden. Seine Kinder, Mara und Kristian hatten einen konträren Geschmack. Während Mara Cornflakes, frisches Obst und Crepes wählte, suchte sich Kristian frische Brötchen aus, die er dick mit Butter und Ei belegte. Jo aß standardmäßig ausgebratenen Speck mit zwei Spiegeleiern, dazu drei Scheiben gekochten Schinken und Käse. Es dauerte einige Zeit bis sie ihr Frühstück beenden konnten.

„Ich habe etwas Angst vor diesem Tauchgang", sagte Mara plötzlich, „wir müssen von einer Klippe in das Meer springen".

„Du, immer mit deiner Angst", fuhr Kristian dazwischen.

„Lieber etwas Angst, als sich dann nicht trauen zu springen", erwiderte Mara mit scharfem Ton.

„Ihr werdet bestimmt nur einen kleinen Sprung mit Eurer schweren Tauchausrüstung machen müssen". Jo bemühte sich den aufkommenden Streit zu beenden. Vergebens, Mara erwiderte, „ist doch wahr. Erst hat er die große Klappe und dann kneift er".

Kristian stand auf und holte sich ein neues Brötchen. Bevor Jo zum Büfett ging, sagte er zu seiner Tochter, „sei doch nicht gleich so empfindlich".

Mara antwortete ihm nicht. Aber ihr Blick zeigte, dass sie beleidigt war.

Pünktlich zum Mittagessen kamen die Kinder ausgelassen und fröhlich vom Tauchgang zurück. Der Sprung musste einen bis drei Meter hoch gewesen sein. Es gab einen kleinen Streit über diese Höhe zwischen den Kindern. Aber alles war schön und interessant gewesen, da sie viele Fische im Mittelmeer gesehen hatten.

Nach dem Essen fuhr Jo mit Mara und Kristian im Mietauto nach ‚Cala de Or', einem empfohlenen Fischerdorf. Sie schlenderten fast zwei Stunden durch den Ort und über einen großen Markt mit vielen Verkaufsständen.

In einem kleinen Lokal tranken sie Cola und überlegten, ob und was sie kaufen wollten. Es galt, Andenken und kleine Mitbringsel für die Verwandten zu besorgen.

Sie schlenderten noch ein Mal über den Markt und prüften die Angebote. Letztlich konnten sie sich aber nur zum Kauf einer Holzschlange, blauen Wasserperlen und einem spanischen Fächer entschließen.

Zurückgekehrt in ihrer Anlage spielten sie eine Stunde lang Tischtennis, bevor Mara eine gebuchte Reitstunde genoss. Jo und Ben sahen im Fernsehen die deutsche Serie „K 11".

Wie üblich wurde zum Abendbrot ausgiebig Fleisch, Nudeln, Fisch und zum Abschluss Süßspeisen und Käse gegessen.

Gegen zwanzig Uhr begann die abendliche Show der Animateure, die Mara so liebte.

Kristian und Jo sahen kaum zu, sie spielten lieber Schach.

Jo trank einen Schluck Brandy auf der Veranda des Appartement. Es war hier am Rande der Anlage so dunkel, dass er die zwei Meter vor der Terrasse stehenden Bäume und Büsche nur als schwarze Wand erkannte. Die schwache Birne der Lampe beleuchtete lediglich die unmittelbare Umgebung. Ein leichter Wind kräuselte die Nackenhaare von Jo. Er sah um sich.

Rechts neben ihm war ein Wäschereck an der Hauswand angebracht, das sich unter der schweren Last der nassen T-Shirts, Badesachen und Handtücher bog. Eine graue Katze huschte schnell am Rande des Lichtkegels vorbei. Sie verschwand in der schwarzen Wand vor ihm. Aber er sah ihre grünen Augen unter einem Busch leuchten. Sie starrte ihn an.

Quietschend wurde die Terrassentür der angrenzenden Wohnung aufgeschoben. Jo erschrak bei diesem Ton. Seine Nachbarin, schon im Schlafanzug, erschien um eine Zigarette zu rauchen.

Sie grüßte Jo freundlich, „Hola!".

Jo antwortete in schlechtem Spanisch, obwohl er vermutete, dass sie auch aus Deutschland kam, „Buenas noches, Senora!".

Sicherheitshalber ergänzte er, „Privjet". Konnte auch eine schöne Russin sein.

Sie winkte ihm mit einem Fingerspiel freundlich lächelnd zu.

Jo ging in seinen Wohnraum, in dem er auf der Couch schlief, da die Kinder das Schlafzimmer okkupiert hatten. Auch er zog seinen Schlafanzug an.

Als er wieder auf die Terrasse zurückkehrte, war seine Nachbarin verschwunden. Er setzte sich wieder auf den weißen Plastikstuhl. Ihn umfingen plötzlich angenehm die Dunkelheit, das leise Rauschen der Pinien und das entfernte Geräusch leicht brandender Wellen.

Einige Jugendliche schlichen an seiner Wohnung vorbei. Etwas angetrunken laberten sie von der schrecklichen Dunkelheit des Waldes und dass sie beinahe gegen einen Baum gelaufen wären. Ihre Stimmen verschwanden schnell in der Hotelanlage.

Jo sah eine dunkle, breite, schwarze Schabe zur Terrassentür kriechen. Er überlegte, ob es nötig wäre, sie zu zertreten, bevor sie in die Wohnung eindringen konnte. Aber er erhob sich nicht aus seinem Stuhl. Aufmerksam beobachtete er den Weg der Schabe zur geöffneten Tür. Ihm fiel ein, dass sie sich in seinen Kleidungsstücken verstecken könnte, um Schutz und Wärme zu finden. Trotzdem stand er nicht auf. Er beobachtete weiter ihren Weg, hinaus aus dem für sie gefährlichen Licht. Sie war erstaunlich schnell für ihre Größe. Als sie die Wand neben der Tür erreicht hatte, verschmolz sie mit der schwarzen Dunkelheit einer winzigen Spalte der Wand.

„Diese Schabe ist wie ich", überlegte Jo, „hektisch durch das Leben huschend, immer auf der Suche nach einer Zuflucht, die Ruhe und Geborgenheit bietet. Daran sind meine Ehen auch zerbrochen. Ich habe die Partnerinnen mit meinen hohen Ansprüchen an die Sicherheit der Beziehung überfordert".

„Nein", sinnierte er weiter, „die Schabe hat mir nur den Weg der Vergänglichkeit gezeigt. Am Ende verschmilzt alles zu einer schwarzen Einheit, die der Weiterentwicklung des Lebens dient. Nichts geht im Universum verloren und vieles versteckt sich noch unserem Wissen. Es entsteht ständig Neues aus dem Alten. Das ist der Sinn des Lebens".

Jo ging zum Schlafen in den Wohnraum. Es war Mitternacht. Sein Handy tönte plötzlich laut die Anfangsmelodie von „Ochi Chernye". Dazwischen ertönte die Ansage: „Anna Handy".

Schlaftrunken nahm Jo das Gespräch an.

„Was ist los bei euch", die aufgeregte Stimme von Anna weckte ihn.

„Fünf Anrufe standen heute von euch auf meinem Handy. Was ist geschehen!?".

„Wir haben einen schönen Tag gehabt", erwiderte Jo überrascht, „vielleicht wollten die Kinder mit dir sprechen. Alle benutzen hier mein Handy".

„Ist wirklich alles in Ordnung bei Euch?". Anna hakte sicherheitshalber nach, „ich hatte den ganzen Abend einen Workshop an der Hochschule. Ihr habt mich sehr erschreckt!".

„Null Probleme hier, Anna. Wir haben viel Spaß", und Jo fügte um seine Ruhe zu haben hinzu, „Mara wird dich Morgen anrufen".

„Und wie geht es dir?", fragte Anna. Jo war überrascht. Mit diesem Interesse an seiner Person hatte er von seiner Exfrau nicht gerechnet.

„Kein Grund zur Sorge, Anna. Hier ist alles blendend schön. Alle sind gesund und munter".

Gerne hätte er von Maras Sorgen erzählt. Sie meinte, sie sei zu dick. Dann griff sie sich mit zwei Fingern ihren Bauch und zog das Gewebe nach außen.

„Siehst Du, Papa? Ich bin viel zu dick".

„Wenn du zu dick bist", antwortete Jo, „dann bin ich…".

„Schwabbelig", warf Mara ein und lachte lange über ihren Witz.

Mit dieser Erinnerung legte sich Jo auf die weiche Wohnzimmer Couch.

Kurz bevor er einschlief, erinnerte er sich glücklich an das abendliche Ritual mit seinen fast erwachsenen Kindern im Urlaub.

Jeden Abend hatte Jo sich den Kindern zu stellen, wenn sie ihm Bett lagen. Heute erinnerten sie sich an ihr Kinderbuch, das die Grundaussage von Eltern und Kindern beschrieb, „Ich hab' dich lieb", hieß es.

„Papa, ich habe dich lieb".

„Mara, ich habe dich bis zum Mond und zurück lieb".

„Papa, ich habe dich bis zum Pluto und zurück lieb".

„Oh, das ist aber weit".

Kristian mischte sich ein, „ich habe dich nur bis zur Küste und zurück lieb".

„Das reicht mir auch, Kristian".

„Wir wollen ein Gute-Nacht-Lied", forderte Mara.

Jo fiel nur die Drei-Groschen-Oper ein:

„Und der Haifisch, der hat Zähne, doch die Zähne sieht man nicht...".

„Papa, hör' sofort auf. Wir haben Nachbarn!".

Jo stürzte sich auf seine Kinder und kitzelte sie durch.

Als sie von ihrem Lachen und Geschrei erschöpft waren, musste sich Jo kurz neben sie in das Doppelbett legen. Mara schmiegte sich überraschend eng an Jo. Dann warf sie die Bettdecke fort und stöhnte, „es ist viel zu warm".

Dabei drehte sie sich um, hob ihren Po vor das Gesicht ihres Vaters und plötzlich stank es nach einem Geräusch entsetzlich. Jo sprang laut fluchend aus dem Bett.

Die Kinder lachten. Sie hatten ihren Vater herein gelegt.

„Ich habe eine Kur bekommen", berichtete Jo seinen jüngsten Kindern in Bremen.

„Bist du krank?".

„Nein", behauptete er, „soll nur dicker werden, habe zu viel Gewicht verloren, sagt mein Arzt".

Er erlebte in der Reha-Maßnahme einen Schock mit Frauen, die einen Turban und künstliche Haare trugen, Männern, die ihre Potenz vermissten und einnässten, aber ehrlich blieben. „Komme gleich wieder", sagten sie lapidar ihren Teller mit Speisen auf den zugewiesenen Tisch stellend, „bin schon wieder ausgelaufen".

„Meine Tochter ist vierzehn Jahre alt", plauderte eine junge Frau mit hohen Absätzen in der Raucherzone, „am Wochenende fahre ich zu ihr, das Pferd zu pflegen". Sie rauchte drei Zigaretten, trat sie auf dem Boden aus, und sammelte die Kippen auf, um sie in den überfüllten Aschenbecher zu werfen.

„Ihre Bekannte ist gestern in eine Klinik gefahren worden", wurde ihm in der Raucherzone berichtet, „sie lässt sie grüßen".

Die Gymnastik gegen Arterienverschluss war langweilig, wurde als wichtig deklariert. Zwei Männer mit Rollator und einer mit Stock nahmen teil. Jo war Raucher, hatte Beinschmerzen, seine möglichen Arterienverschlüsse mussten behandelt werden.

„**W**ir treffen uns am Samstag um zehn an der Rezeption".

Jo färbte seinen Schnurbart, duschte ausgiebig und rasierte seinen Penis. Eine Therapeutin wollte ihn treffen.

„Heute haben sie ‚Gehtraining'", bestimmte sie zwei Tage vorher. Jo sah ihr in die brauen Augen und bemerkte feste Brustansätze unter ihrem Sportdress.

„Jeder läuft zehn Minuten auf diesem Laufrad", befahl sie, „die anderen sitzen auf ihren Hockern und bewegen ihre Füße kreisförmig".
Jo betrat das Laufrad. Sie stellte eine Gehgeschwindigkeit ein.
Es geht jetzt bergauf", behauptete sie. Jo hat-

te keine Lust auf diese Übung. Er wollte das Laufrad verlassen, drehte sich um, wäre umgefallen, wenn sie ihn nicht festgehalten hätte.

„Sie sollten tun, was ich ihnen sage", sagte sie lächelnd und drückte seine Hand auf die Stange des Rades.

Jo musste lächeln. Er spürte ihre Hand auf seiner, sah ihre braunen Augen und langen schwarzen Haare, die sich um ihren kleinen Kopf kräuselten.

„Sie steigen einen hohen Berg hinauf", sagte sie und drückte auf Knöpfe der Einstellungen des Laufrades.

„Ich spüre keinen Unterschied", behauptete er, obwohl ihm warm wurde.

Sie lachte, „ihr Puls gibt andere Signale".

Jo bedauerte, das Laufrad verlassen zu müssen, und die nächste Übung zu beginnen. Er spürte ihre angenehme Hand nichtmehr.

Eine Bank besteigen, überschreiten, sich umdrehen, zurückgehen und zehn Minuten durchhalten. Jo blickte zu ihr. Sie lächelte ihn an. Er musste grinsen, fast lachen.„Was ist an ihrer Übung so lustig?", fragte sie sofort.

„Fühle mich wie ein Ackergaul, der über Cavaletti steigt".

Jo meinte in ihren braunen Augen Interesse zu sehen.

„Was haben sie am Wochenende vor". Niemand antwortete. Sie wiederholte ihre Frage und sah Jo an.

„Mit ihnen trainieren", antwortete er und erwartete eine krasse Abfuhr.

Als sie nackt in seinem Bett lag, war sein Penis dick. „Ich kann mit dir nicht schlafen", sprach er, „du bist zu jung und schön".

Sie sprang aus dem Bett, küsste ihn lange auf den Mund, „sei nicht dumm, du wirst mich jetzt befriedigen". Sie führte sein Glied im Stehen ein.

Jo versagte. Er dachte an junge Frauen, die seine Kinder sein konnten. Sie lachte nur und presste seine Hoden mit ihren Fingern.

„Du wirst mich nie vergessen", sie nahm die Löffelstellung ein. „Deine Orgasmen werden dich jung erhalten". Sie behielt Recht.

Epilog

Roy

Roy räumte den Abfall der Industrieländer in Nigeria weg. Er erlebte gute und schlechte Zeiten, akzeptierte sie in seinem Leben. Er wohnte mit einer Frau zusammen, deren Kinder ihn rührten, und die ihm Essen servierte.

„أتيلا كو (Atila Ko)", hörte er ohne zu begreifen, verstand nicht, ob der „Baum groß war", oder sein Leben bedroht. Die Betonung war wichtig. Wie im asiatischen Lebensraum, den er kannte, aber sein Lächeln bedeutete nicht Freundlichkeit. Er war groß und kräftig, stark und mächtig, lächelte seine Feinde an, bevor er kämpfte.

Sie zeigten keine Regung als ihre Messerklingen seinen Körper durchbohrten. Er verstand nicht, warum es geschah. Begriff seine Situation nicht. Fiel um, bemerkte seine unverständliche Schwäche. Instinktiv glaubte er, lächeln zu müssen.

Jo

Nach dem Tod eines alten Menschen gibt es gerechterweise die Geburt eines neuen.

Jo hatte Leukämie, aber er konnte damit sterben. Im Grunde seines Herzens war er Katholik geblieben.

Er liebte sein neues Enkelkind mit Freude und Dankbarkeit, genoss es, „Moritz" tragen zu dürfen.

In seinem Traum tanzte er glücklich in einer seiner vielen Wohnungen und Häuser.

„Sage ihm doch endlich die Wahrheit", forderte eine Stimme immer wieder. Jo kannte seine Wahrheiten. Er tanzte glücklich weiter. Er wusste, es war sein letzter Tanz. Er genoss ihn.

Nackte Frauen erschienen, sie ähnelten den Frauen seiner Lieben. Jo rief die Namen, die ihm einfielen, aber die nackten Schönen lächelten und schüttelten ihre Köpfe.